ベリーズ文庫

ポケットに婚約指輪

坂野真夢

JN286706

Starts Publishing Corporation

目次

第一章　忘れたい

始まりと終わり

就職して数年が経つと、会社での自分の立ち位置が見えてくる。

私の勤めている藪川《やぶがわ》商事は、従業員千人を超す総合商社だ。新人研修を終えてから人事総務部に配属され、この五月で四年目を迎える。入社できただけでラッキーだというくらい、一緒に働く人たちのレベルが高く、業務は多忙で、与えられる仕事をただコツコツとこなしていくだけで精一杯。これまでの三年はあっという間に過ぎていった。

私に仕事を教えてくれたのは、三つ年上の刈谷《かりや》先輩。目鼻の造形がはっきりしていて、胸まで伸びた髪はいつもきちんと巻かれている。綺麗なのだけれどアクが強いという印象だ。性格も、見た目の印象そのままでアクが強い。

私が書類を持って立ち上がると、刈谷先輩が顔を上げた。

「菫《すみれ》、もしかして出かける？」

「資材部に届け物に行こうかと。なにか急ぎですか？」

「出かけるならついでにこの書類を役所に持っていってもらおうかと思っただけ。

そっか、社内かぁ。私、午後から研修会に行かなきゃいけないから、ほかの仕事も片づけたいんだけどなぁ」

刈谷先輩がこういう言い方をしているときは、お願いもしくは命令だ。反発すると機嫌が悪くなってよけいに面倒くさいので、素直に従う。

「わかりました。持っていくだけなら、私が行きますよ」

「頼むわー。あ、部長から頼まれていた書類はどうなった？」

「あとは印刷するだけです」

「じゃあ、そっちは私が出しておいてあげる」

恩着せがましく笑われてもなぁ。提出のところだけ持っていかれるのは手柄を横取りされたような気分になる。それをする暇があるなら、自分で役所に行ってくればいいのに。

刈谷先輩はずるい、いつもそう思ってしまう。

黙っていると、刈谷先輩の顔が徐々に険しくなっていく。

「行かないの？　菫」

「いえ！　では行ってきます」

彼女の機嫌を損ねないよう、私はすぐに立ち上がった。

茶封筒に入った書類をカバンにしまい、資材部に渡す書類は手に持って、自分の名字である『塚本《つかもと》』と書かれたマグネットを行き先ボードの『外出』の欄に貼りつける。帰社予定は一時間後と記入した。

エレベーターに乗り、四階下の資材部で書類を渡し、再びエレベーターで一階まで下りて外に出る。照りつける日光の眩しさに、目を細めて歩きだした。

五月は新緑が綺麗だ。街路樹の葉が生き生きと輝いていて、見ているだけで気持ちが安らいでホッとする。頼まれた時はちょっと損をした気分だったけど、いい気分転換になるから外出も悪くはない。社内にいると、時々自分がとても至らない人間のように感じられるから。

急ぎ足で役所へと向かう途中、通りのウィンドウに映る自分の姿がふと目に入った。白いシャツにグレーのスーツ、そして肩までの真っ黒な髪。まるで就職活動中の学生のようで、四年前から少しも進歩していないように思えてしまう。

おかしいな、これでも服装を決めるまでずいぶん悩んだはずなのに、と思わず苦笑を漏らした。色んな色を試そうととっかえひっかえしているうちに、一番地味な色合いに行きついてしまうなんて、なんて間抜けなのだろう。

「ダメねぇ、私」

気がついたら立ち止まってしまっていた私は、自分の頭をコツンと叩いてまた歩きだした。

進歩がないのは見た目のことだけじゃない。私に対する周囲の評価もそうなのだと最近気づいた。私に与えられる仕事は、思えばずっと変わりがないから。お使いのような外出、研修会の場所確保、書類の清書。誰にでもできるような業務ばかりだ。

カバンの中にある携帯が鳴り、私は再び足をとめる。確認していくうちに頬が勝手にゆるんでしまう。

メールの送り主は舞波徹生《まいなみてつお》さん。同じ人事総務部の先輩で刈谷先輩にとっても一年先輩になるらしい。とはいえ、一浪している刈谷先輩とは年齢は同じだから親しいのだと聞いたことがある。仕事ができて、明るくて優しい。社内でも人気の男性社員だ。

【いつの間にかいないから驚いたよ。今日、帰り寄っていいかな。大事な話がある】

彼のメールに、【はい。待っています】と返事をする。罪悪感が胸を突き刺すけれど、それには目をつむった。私の生活に彩りがあるとすれば、この人だけ。今の私の支えだから。

彼のことを私が意識しはじめたのはいつだったろう。もともと舞波さんは、目立つ人物だった。人事総務部には男性社員は少ないし、その中でも彼は社交的で見た目もかっこよかったから。私もついつい彼を目で追ってしまうくらいに憧れていた。

そんなミーハー心が変わったのは、たぶんあのときだ。仕事でわからないことがあり、手あたり次第に部内の資料を確認していたら、男性の大きな手とぶつかった。私は驚いて手を引っこめ、顔を上げてもっと驚いた。そこにいたのは、憧れの舞波さんだったから。

「あ、ご、ごめんなさい」

「塚本《つかもと》さん、手ぇ温かいねー。もしかして眠い？」

「そんなことないです」

「だよね。はは」

ドキドキをごまかすために、やたらとぎこちなくなってしまう私に対して、彼は冗談交じりに、柔らかい笑顔で接してくれた。それどころか、わからなかったところも丁寧に教えてくれて。

そのあとも、私が困っていると必ず彼がなにかしら話しかけてくれて、助けてくれた。

彼と話すたびに、胸の中に小さな欠片《かけら》が落ちていく。嬉しいとか、楽しいとか、そんな感情の欠片たち。それは密やかに、ゆっくりと積み重なって、気づいたころには手に負えないほど大きな『恋』という名の結晶になっていた。

だけど私は、この気持ちを伝えるつもりはなかった。望みがないというだけでなく、彼は好きになってはいけない人だったから。

しかしそんな決意は、突然のきっかけで簡単に崩れてしまう。それが、あの飲み会の夜だ。

今から四ヶ月前。その日は人事総務部の新年会があった。ビルの隙間から吹きつける風が冷たくて、酔いのまわった体もすぐ冷やされる。私もほかの同僚たちもコートの前をしっかり押さえて、自然と身を寄せ合っていた。

終電がなくなっていたのと、新年会シーズンでタクシーもあまりつかまらないということから、方面別に集められ、次々とタクシーに詰めこまれた。

「お疲れさまでしたー！」

口々にそう言い合い、ひとり、またひとりと帰っていく。なんとなく隅のほうで大人しくしていた私は、気がつけばあぶれてしまっていた。

「塚本さんは俺と同じ方向だったよね」

そう言って肩をポンと叩いてくれたのは舞波さんだ。

「え？　あの」

「一緒に乗ろうか。ほら、タクシー来たよ」

促されるままタクシーに乗ると、続けて舞波さんが乗りこんできた。どうして彼が私の住所を知っているのだろう。そんなことを話した覚えはないのに。

私の不審げな眼差しに、彼は笑顔を返した。

「塚本さんって可愛いよね」

お酒を含んだ空気が耳もとに広がる。タクシーの後部座席には十分余裕があるのに、私と彼の膝はピタリとふれ合っていた。

「やだ。お世辞言ってもなんにも出ませんよ」

彼はただ酔っぱらっているだけだ。口説かれているなんて思うのは図々しい。真に受けて喜んだって、自分がつらいだけ。そう思うのに、彼に褒められることは涙が出るほど嬉しかった。酔っていたし、少しくらいなら羽目をはずしてもいいかという気にもなっていた私は、そっと彼の肩に頭をもたせかけた。すると彼は、ゆっくりと手を伸ばして私の腰を抱き寄せる。

「ホントだよ」

鼓膜に届く呼吸音で、全身の神経が敏感になっていくみたいだった。ふれられた部分が熱くなり、それはやがて恍惚感へと変わっていく。

ついたのは彼のアパートで、彼は料金を精算すると、私の手を引っ張って一緒に降ろした。

どうして？　ただの同僚を深夜にアパートには誘わないでしょう？

湧き上がってくるのは不安よりも期待のほうが大きかった気がする。だって、ずっと好きだった彼が、今は私だけを見つめている。

「舞波さん」

「おいで」

階段を上る間に交わされた言葉はそれだけ。私を部屋に入れると、彼はすぐ鍵を閉めた。

ガチャン、という音がまるで起爆剤になったみたいに、彼の動きが変わる。強引に腕を引っ張られ、まだちゃんと脱いでいなかった私のパンプスはその場に転がった。

腰を抱かれると同時に唇が塞がれ、戸惑っているうちに上着が剥ぎ取られる。

真っ暗なままの部屋は、カーテンの色さえわからない。移動しているうちに、なにかを踏みつけたような気もする。

私はベッドに押し倒され、スプリングの反動を背中に受けた。再び同じ感覚がしたのは、彼が私の顔の脇に手をついたときだ。

「俺のこと、ずっと見ていたでしょ？」

そう問う彼のからかうような声に泣きたくなる。

そうよ、見ていた。気づかれていたなんて、恥ずかしくて顔から火が出そう。

「俺のこと好き？」

吐きだされる息がお酒臭い。

酔っているからこんなことするの？　それとも私のこと、少しは気にしてくれていたの？

「自惚《うぬぼ》れないでください」

組み敷かれながら、せめてもの反論のようにそう答える。

彼の唇がもたらす感覚は私から理性を奪っていく。だけど、頭の片隅では警告音が鳴り続けていた。だって、彼には恋人がいるから。しかも彼女……江里子《えりこ》は私の友人だ。同期入社で、部署は違うけれど、時々一緒に食事をする間柄だ。

江里子はいつだって明るくてハツラツとしていて、男女を問わず人気者だ。それは、江里子が重役の娘だということにも由来している。

彼女と仲良くして間違いはない。そんな空気は、同期の中で常に漂っていた。

一方で、お嬢さままでわがままなところがある江里子には、親友と呼べるほど親しい友人はいないように思う。私もその中のひとりだ。

それでも、友人の彼を寝取ってはいけないと思えるくらいの友情は持っていたつもりだったのに。

私は恋に落ちた。いけないと思っていた恋に。片思いで終わるはずの恋に。

「塚……いや、菫。綺麗だよ、とっても」

「……舞波さん」

「好きだよ」

彼の口から出た言葉に、それまでかろうじて抵抗していた心が陥落する。私だってずっと好きだった。ダメだと思いながら、どこかで期待していた。彼が私を見てくれたら、私を好きだと言ってくれたらって。

抵抗をやめた私の衣服を、彼は手早く脱がしていく。頭のどこかで、これはお互い酔っぱらっているからだと、言い訳を考えて目をつむる。そうして私たちは最後まで言葉を交わさないまま事を終えた。

『江里子のことはいいの？』

そう聞かなかった、私が悪いのか。

とにかく、私と彼は関係を持ってしまった。江里子には言えない、秘密の関係を。最初、私はそれが一回限りの過《あやま》ちで終わるのだと思っていた。けれど、彼はそれから定期的にメールをくれるようになる。

【今日、行ってもいいかな】

そんなメールに返信するころには、彼はもう私のアパートの近くまで来ていた。罪悪感との闘いはいつも敗北。私は彼を招き入れ、ささやかれる甘い言葉に理性を放棄してしまう。一度やったら二度も同じ。そう考えだしたらもう、抜けだすきっかけなんてつかめなかった。

「菫は優しいな。一緒にいると落ちつくよ」

なんの責任も持たない彼の言葉は甘く、温かい。そのぬくもりは、オヒトリサマが長かった私をとても癒した。

間違いだとはわかってた。それでも、誰にも知られないままでいたかった。

未来なんていらないから、彼女を騙し続けていてもかまわないから、ずっとこのまま一緒にいて。

私は悪魔に魂を売ってしまったのかもしれない。裏で彼と逢瀬《おうせ》を重ねながら、江里子の前ではひたすらに笑顔を作った。

違うわよ。彼は、本当は私のことが好きなの。

そんなふうに思って、彼女を見下したことさえある。


そうして私たちの関係は今に至る。彼は週に一度は私の部屋を訪れ、江里子の愚痴を語っては、私を抱く。そうすることで彼が癒されるなら、それでいいと思っていた。

「菫みたいな女は、いい奥さんになるな」

いつもささやかれる甘い言葉は約束のようだ。私はあなたのいい奥さんになれる？　私に向かってそんなことを言うくらいだから、いつかきっと、私を選んでくれるんだよね？

江里子はお嬢さまでわがままだから、彼も辟易《へきえき》しているに違いない。そのうち、江里子とは別れるに決まっている。今日も彼の好きな料理を作って待っていよう。私は彼を癒すためにここにいるのだから。

豚肉の生姜焼きとほうれん草のおひたし、それにじゃがいもとワカメのお味噌汁。

彼の好きなものを作り終え、時計を見るともう八時を過ぎていた。そろそろ彼も来るだろう。

やがてチャイムが鳴り、エプロン姿のまま、ウキウキして玄関に向かう。けれどドアを開けた瞬間、私の笑顔が凍りついた。彼が神妙な顔をしてそこに立っていたからだ。

「舞波さん?」

「話があるんだ」

中に入るように勧めても、彼は頑として玄関から動かなかった。

いつか彼が江里子と別れるかも……なんて私の思いこみなのだと、ここで気づいた。

「俺、結婚が決まったんだ」

私は最初、声が出せず、カスカスと空気だけを吐きだした。

「……そう」

ようやく告げることができた言葉はそれだけで、内心の感情は表には出てくれない。

「だから、終わりにしないと」

勝手だと、泣きわめけばよかったのだろうか。だけど、彼と江里子の付き合いを知っていて関係をはじめてしまった私には、そんな資格はないように思えて。

私は結局、うなずいて彼を見送った。


それから二ヶ月が過ぎ、季節は夏を迎える。彼と過ごした冬から春、あっという間に過ぎた時期とは違い、とても長い二ヶ月だった。その間、彼が私のもとを訪れることはなかった。たった四ヶ月の浮気。彼にとってはそれだけのものだったのだろう。

ある日、私のもとに一通の招待状が届いた。差出人は舞波さんと江里子のご両親。封を開けてみると、香水の香りがふわりと立ち上った。招待状と一緒に入っていた江里子からのメッセージカードに、香水が吹きつけてあったみたいだ。

『出席よろしく』と書かれた彼女の丸文字に唇を噛みしめる。私は彼女の友人だし、舞波さんと同じ部署だ。呼ばれてあたりまえと言われれば確かにその通り。


——だけど。


手紙を持つ指が震える。それでも、どんな理由でもいいから私には送らないでくれればよかったのに。

引きちぎりたい欲求に駆られながらも、ハガキに印刷された御出席の『御』の字を斜線で消してから、『出席』に丸をつけ、脇に小さくしたためる。

『おめでとうございます。どうかお幸せに』

意地でそう書いて、電話の脇にポンと置いておく。だけど、香りが漂うせいもあって、そのハガキはものすごく存在感があり、ふと目に入っただけで彼の幸せそうな顔がちらついて堪《たま》らない。いてもたってもいられなくなり、私はそのまますぐコンビニの前にあるポストに投函した。

悔しさのぶつけどころがわからずに、ハガキを飲みこんだポストの上をゴンと叩く。ごめんね。赤い顔のあなたはなんにも悪くないのだけど。

拳はヒリヒリと痺れるように痛い。でも、胸の痛みのほうが苦しい。

やってしまったとたんに後悔している。やっぱりこんなハガキ、出さないほうがよかった。なにか理由をつけて欠席にしてしまえばよかった。たった今の行動をなかったことにしたい。

——でも。

こみ上げる涙を、無理やりに飲みこんだ。

私にだってプライドくらいあるのよ。

負け犬ジュエリー

冷房の効いたホテルを出ると、湿気を含んだ風が私を包みこんだ。もう九月なのに、今日はとても蒸し暑い。

「うわ……」

とたんに滲《にじ》みでる汗に、ワンピースの上に羽織ったストールを取り払いたくなる。だけど、体のラインに自信が持てない私は、ストールをまきつけるようにして体を縮こませた。

「菫、帰っちゃうの？　二次会は？」

「うん。だってほら。約束あるから」

同期からの問いかけに、右手を振り上げ、わざと薬指につけた指輪を見せる。

「そっか。いいね。なんか幸せそう」

「うん、幸せ。……じゃあまた会社でね」

大きく手を振って、皆とは逆の方向へと歩きだす。きゃあきゃあと賑やかなざわめきがどんどん遠くなり、やがて聞こえなくなった。

耳に飛びこんでくるのは、脇の道路を走る車のエンジン音や、踏切の警報音、通りすがりの人の雑談の声。

もう私を知っている人はここにいない。そう思ったら、安堵からかため息がひとつ出た。

あと少しで駅につくというところで、足の痛みに顔をしかめた。普段はせいぜい三センチのパンプスしか履かない私には、七センチのピンヒールは歩きづらい。よたよたしているからヒヨコにでもなったような感じがする。もっと颯爽《さっそう》と、モデルのようにかっこよく歩きたいのに。

立ち止まると、そこはちょうど小さな橋の上だった。

都会を流れる小さな川は、両岸の華やかさとは対照的にそこだけが暗く沈んでいる。私はその欄干に寄りかかり、景色を眺めた。

まわりを囲む高層ビルやコンビニがきらびやかに光っている。川の上だけはなにも建てることができないから、きっと空から見たら、ここだけ線でも引かれたように見えるのだろう。

「ふう」

今日は私だって、とびきりきらびやかなはずだ。

パールイエローの流れるようなラインのワンピース。小さな真珠をあしらった、揃いのピアスとネックレス。結い上げた髪にも、小さな真珠飾り。そして右手の薬指には、きらりと輝く指輪。

「あーあ」

誕生石のペリドットがあしらわれたそれは、四万七千円。『彼からもらったの』と得意げな顔で言った数時間前の自分を思いだすと、涙が出そうだ。

こんなの、自分で買った〝負け犬ジュエリー〟なのに。

「だって」

ひとり言が川面に落ちる。私のこんなドロドロの気持ちものみこんで流してくれればいいのに。

「これくらいの嘘はいいでしょ」

ポツリと言葉に出したら涙が浮かんできた。

瞼《まぶた》に、それはそれは幸せそうに笑顔を咲かせた彼と江里子が映る。

今日は、舞波さんと江里子の結婚式だった。

呼ばれた会社関係者は、私を含め五十人。江里子の父親が重役であるため、お偉いさんも多数いた。

招待状が届いてから、私は必死だった。エステに行き、肌のお手入れもしっかりした。体重だって三キロ落とした。痩せた体を綺麗に見せるワンピースとジュエリーを買い、髪には薄茶のカラーリングと、自然に見えるゆるいパーマを施し、今までの人生で一番綺麗な私を作り上げた。

同僚たちも一瞬誰だかわからなかったように目をパチクリさせたあと、「すごく綺麗になったね」と言ってくれた。「どうしたの？　なにかあったの？」とも。

理由はもちろん、彼を見返すため。こんな綺麗な女を振ったと、後悔させてやるためだ。どうしようもなくうしろ暗い理由だったけれど、彼にされたことを思えば、それくらいの反撃、許されると思った。

けれど、実際に披露宴に出席して、後悔したのは私のほうだった。

江里子は高砂でウエディングドレスに身を包み、それは幸せそうに微笑んでいた。内から湧きでる幸せというものは、隠しておいても出てくるのだろう。それは、取り繕った今の自分には到底出せない空気で、私をとても惨めにさせた。存在さえしていない〝ずっと付き合っていた結婚間近の彼〟の話をひたすらにしながら、時間が過ぎるのを今か今かと待っていた。

そう、感じたのはただの敗北感。幸せそうな装いで塗り固めたって、本物の幸せにはかないっこない。

欄干に乗せた手の甲に、頬を伝った滴《しずく》がポツリと落ちる。

嫌だ。思い出したら止まらなくなった。

彼が私を見つめていたあの期間はなんだったの。ただの浮気に本気になった私が悪かったの？

悔しくて、なにに八つあたりをしたらいいかわからない。負け犬ジュエリーがあんまり綺麗で、それさえも悔しくて道路に投げ捨てた。

いい歳の女が路上で泣くなんてかなりイタイ。人に見られないように川のほうを見つめ続け、大声を出してわめきたいのを堪える。

足の痛みも限界だ。ピンヒールなんて履かなきゃよかった。

意地を張って色々頑張ってみたけれど、こんな切ない思いをするだけだなんてバカみたい。

「……落としましたよ？」

そのとき、背中に落ちついた低い声が響いた。あわてて涙をぬぐって振り向くと、背の高い青年が手を伸ばして立っている。その指先には、イタイ女の象徴でもあるペリドットの指輪があった。

その彼の顔を見て、私はハッと息をのむ。

意志の強そうな瞳と、スッと通った鼻筋、そして薄い唇。いわゆるイケメンと言われる人たちに比べればあっさりした醤油顔だけれど、間違いなく整った部類の顔だ。背も高く、肩幅が広い。この人物を、私は一方的によく知っていた。部署は違うけれど、会社の人だ。

営業部営業一課の里中司《さとなかつかさ》さん。刈谷先輩が、ずっと前から猛禽類《もうきんるい》の眼差しで狙っている男の人。

でも里中さんのほうは私に見覚えがないらしい。無理もないか。人事総務部から営業一課への連絡はすべて刈谷先輩が取り仕切っている。

黒の礼服を着ているということは、たぶん同じ会場内にいたのだろう。刈谷先輩は気づいていたのだと思うけれど、彼女とも席が遠かったからわからなかった。

「あ、……すみません」

落としたのじゃなくて捨てたのだけど、ここで彼にそれを告げると話がややこしくなる。事を荒だてるよりは、受け取ってすぐ離れたほうが無難だ。

なのに伸ばした手は彼の指先とぶつかって、指輪は宙に投げだされた。ゆるやかな軌跡を描いて落ちたそれは、最後、ぽちゃんと可愛い音をたてる。

「え？」

「あ」

私と彼はお互いに顔を見合わせた。

「す、すみません。俺がしっかり持ってなかったから」

明らかに焦った声色で、頭をペコペコ下げながら、彼は自分の手もとと川面を交互に見ている。

「いいえ、違います。私がぶつかったんですから」

私もつられるように頭を下げ、川面に目をやる。真っ暗でなにも見えない。もし見えていたとしても、ここからひとつの指輪を探すのは至難の業だ。

「……すみません」

里中さんは、気まずそうに私を見て、欄干に上半身を預けるように大きく身を乗りだした。

「ああ、わからないな。ちょっと土手を下りて見てきます」

「やめてください。危ないです」

沈痛な面持ちの彼が走っていきそうになったので、あわてて止めた。

なんだか申し訳ないくらい。だって彼は拾ってくれただけで、なにも悪いことをしてないのに。

「気にしないでください。実はあれ、本当は捨てるはずのものだったんです」

「いや、そんなわけないでしょう」

「本当です。別れた彼に見せつけてやるためだけに買った負け犬ジュエリーなんです。そんなに高くないし、気にしないでください」

彼に罪の意識を負わせるのはあまりに可哀想で、私は事実を口にした。本当だったらこんなこと、誰にも言いたくなかったのだけど。

里中さんは私をじっと見つめたあと、「じゃあ」とポケットの中を探った。

「これ、あげます。俺が持っていても仕方ないものだし。きっかけがあれば手放したかったものだから」

「え？」

彼が差し出したのは小さな指輪のケースだ。

「え？　でも」

戸惑う私をよそに、彼は私の手にそれを押しつけると、手を振って歩いていってしまう。

「あのでも、これ」

「いいから。失くした指輪の代わりにしてください」

大きな声で叫ぶと、大きな声で返事が来た。追いかけようにも靴ずれの足が痛くて走れそうにない。私は諦めて彼を見送って、その姿が見えなくなったころ、手の中のケースを開けた。

「……嘘」

そこに入っていたのは、上質な光沢をもつプラチナのリングだ。真ん中にダイヤモンドが飾られている。

これは、四万七千円どころじゃない。本物の輝きだ。よくテレビとかで見る、永遠の愛を誓うリングだ。

どうしてこんな指輪……と思ったところで、思い出した。

『里中くん、婚約者と別れたみたい。今がチャンスかも』

そう自分に活を入れるように言っていた刈谷先輩の声。確かあれは、もう一年くらい前の話だったと思うのだけれど。

「婚約指輪……?」

ずっと捨てられずに持っていたって言うの？　今日みたいな、普段と違う格好をするような日でも？　肌身離さず？

……それを未練がましいとか、自虐的だとか言う人もいるだろう。だけど、私は共感した。だって、それに似た感情を、私は今まさに抱えているから。

止まったはずの涙がひと筋こぼれる。

私だけじゃないんだ。そんな安心感に、体中の力が抜けていく。

綺麗な姿を見せて後悔させてやる、なんて言い訳だ。本当は彼と同じ時間を共有したかった。たとえそれが、彼と私じゃない人の結婚式だったとしても。

あっさり私を捨てた彼を憎らしく思うのと同時に、ひたすらに願っていた。花嫁の席に座るのが私ならよかった。彼の隣で誰よりも幸せそうに笑っていたかったのに。

負け惜しみに隠れた本音が、指輪によって引きだされる。

たった四ヶ月。

彼はずっと遊びのつもりだったのかもしれないけど、私は本気だった。本気で舞波さんが好きだった。その気持ちが今もこの胸の中にあることを、私はようやく認めることができた。

ハガキをポストに投函して以来、はじめて素直になれた気がする。それはとても惨めで苦しかったけれど、同時に自分が愛おしくもなって。
なにかから開放されたような気持ちで、私はしばらく泣き続けた。

会社での私

気がすむまで泣いたあと、ハンカチでしっかりと目尻を拭いた。足に靴ずれとは別のジンジンした痛みを感じて、結構な時間が経っていたことに気づく。

そのまま駅まで歩き、やってきた電車に乗りこむと、日曜の夜だからかすいていてすぐに座ることができた。

小さな揺れを体に感じつつ、意識は指輪のケースにばかりいってしまう。人から見られないようにカバンの陰に隠しながらケースをこっそり開いた。ダイヤモンドは周囲の光を受けて反射し、誰かに気づかれてしまいそうなほど輝いている。

これをもらうわけにはいかない、と改めて決意する。社内の人間だとバレるのは嫌だけれど、仕方ない。明日営業一課に行って返そう。

「でも、ホント綺麗」

ダイヤモンドの輝きに吸いこまれそう。

プロポーズされてこんな指輪を贈られたら、どれだけ幸せだろう。

明日返すなら、つけてみるのは今日しかない。いけないと思いつつ興味が湧いた私は、それを左手の薬指にはめてみた。

「……ぴったり」

ダイエットをしたせいで、以前は九号サイズだった指は七号サイズになる。あまり一般的ではないそのサイズがぴたりと合うなんて、と不思議な気持ちになった。

今日のためにネイルサロンへ行ったから、高価そうなリングも似合って見える。なんだかとても高級な人間になった気がする。自信も幸福も運んでくれそうな指輪。

「とっても綺麗」

偽物じゃない輝き。彼がこれを捧げようとした人はどんな女性だったのだろう。


翌日、まだ痛い足を引きずるようにして出社する。

都会にいると歩く距離が長い。出勤だけでいい運動にはなるけれど、靴ずれをしているときは最悪だ。

「おはようございます」

「おはよー」

パーティションから顔を出すと、人事総務部の同僚たちが笑顔を向けてくれる。

「菫、昨日帰っちゃってもったいなかったよー」

「そうだよ、営業部の人たちと盛り上がったんだから」

「そうなんだ」

そう口にする彼女たちの瞳はキラキラしていて、お化粧もいつもよりしっかりしているような気がする。いい出会いがあったのかもしれない。

恋をしているというだけで肌の色艶がよくなる。気分は上向きになり、なにをしていても楽しい。だから、化粧も多少厚くなり、おしゃれにも気合が入る。

空気の抜けた風船のような今の私には、彼女たちがとても羨ましい。

今日の私なんて、泣いて腫れた瞼のせいでアイラインも決まらなかった。肌もガサガサで、塗れば塗るほど粉っぽくなるから、最低限のお化粧しかしていない。

「でも、里中くんが一次会で帰っちゃったのが痛かったなー。まさか帰るなんて思ってなかったもん。もっと早く気づけば、無理やりにでも連れていったのにさ」

そうため息交じりに言うのは、刈谷先輩だ。

今日は薄いライムグリーンのブラウスを着ている。独特な色だと思うけど、そういうものを着ても彼女の顔は服に負けない。いっそ華々しくなるほどだ。

「そうなんですか」

「そうだよ。あ、菫も一次会で帰ったよね。まさかデートの相手って里中くんじゃないよね」

「まさか。違いますよ」

「だよねー」

だよねーっていうくらいなら、聞かないでほしいのだけど。

〝アンタみたいに平凡な女が彼と付き合っているわけないよね〟

僻《ひが》みなのかもしれないけど、暗にそういう意味があるのだろうと疑ってしまう。

「っていうか、聞いたわよ。菫、彼氏がいるってホント？　どうしてそういうことを私に教えないのよ」

意外、という表情を隠しもせずに聞かれると、焦りで汗が出てくる。知っているわけがない、彼氏がいるなんて嘘だもの。

「いや、あのほら、恥ずかしくて」

「なによ、見せられないような顔なの？」

「えっと、その……」

どんどん声高になる刈谷先輩に、部長が大きな声を出した。

「そこ、くっちゃべってないで仕事しろ」

助かった、と思って席に戻る。刈谷先輩は不満そうに唇を尖らせた。

人事総務部は女性社員が多い。数名の男性社員は肩身が狭そうにしているけれども確実に出世していく。部長もそんなふうに出世街道に乗ったひとりだ。

「誰かこれを営業一課に持っていってくれないか」

「はいはい。あ、営業一課への伝達は私がします」

部長が差し出した大きな書類の束を、刈谷先輩がすぐさま受け取る。

そして中身を確認するとすぐに廊下に出た。二階下にある営業一課に行くには普通ならエレベーターホールに向かうのだけれど、なぜか刈谷先輩は化粧室のほうへと一度向かった。里中さんに会えるから、身だしなみチェックをしてから行くのだろう。

その乙女心はすごいなといつも思う。

さて、じゃあ私は資材部の人の退職手続きでもしよう。

カバンから書類を取り出そうとして、指輪のケースを見つけた。これ、里中さんに返さないと。

刈谷先輩に見つからないように、あとでこっそりと会いに行こう。


時は移り、お昼休み。

お弁当組は会議で使う広めのデスクに集まり、一緒にお弁当を食べる。私は人数分のインスタント味噌汁を給湯室で作り、お盆にのせて持ってきた。

「どうぞ」

「ありがとう。菫は気が利くわねぇ」

気が利くわけじゃない。これは、入社当初に刈谷先輩にみっちり仕込まれたからだ。

そのあとにも新入社員は入ってきているのに、いまだに私がこれをやっているのは、私の指導力がないからなのだろう。

「ああ、いいよねぇ。江里子は今ごろヨーロッパだっけ?」

「そうですね。一週間だそうです」

「舞波くんも将来安泰だよねぇ。江里子ってこのまま勤めるのかな、寿退社はしなかったけど」

「どうでしょうね。子供でもできたらって思ってるんじゃないでしょうか」

江里子にとって、ここはいい職場だ。父親のコネがあるから、同僚たちは江里子に気を使っているし、資材部という男性社員の多い部署での事務仕事のため、待遇も悪くない。そして夫は人事総務部の出世株だ。

江里子はなんでも持っている。お金も愛情も仕事も。それだけじゃない、艶のある髪やパッチリした瞳。女としての魅力だって持っている。

ある人のところへはなんでも集まるのに、どうしてなにも持たない私からは、彼までも去っていくのだろう。

「菫？　箸止まっているよ？」

「あ、ホントだ。あは」

「どうしたのよー。ははーん。さてはアレだ。その彼氏とかいうのと昨日はお盛んだったのかな？　今度紹介してよ」

「そんなんじゃないです。あの。……また今度」

嘘をついた代償を、私はちゃんと払わなくてはならない。このことはいつまでも言われ続けてしまうのだろう。それこそ、本当に新しい彼氏ができるまで。

……舞波さんだって嘘をついていたくせに。どうして彼はなんの代償も負わなくていいの。

じわりと浮かんでくる涙を隠すために、私は勢いよくお弁当を食べた。

誰かを責めても仕方がないことはわかっている。私にも非があった。それもわかっている。だけど、どうして私だけがこんなにつらいの。

どうやったらこのもやもやした気持ちを消すことができるのだろう。私と彼の間にまだなにもなかったころに、時間を戻せたらいいのに。

トイレに行くふりをして、こっそりとやってきたのは営業一課のあるフロア。早いとこ里中さんを探さないと。刈谷先輩に見つかったりしたら、大変なことになっちゃう。

チラチラと中をのぞいてみても、外まわりが多い営業部はなんだか閑散としている。

「出直そうかな……」

「誰か探してる？」

私の小さな呟きに、予想外に背中のほうから返事が来た。驚いて振り向くと、背の高いガッチリとした男の人が立っている。清潔感のある黒の短髪で、さっぱりとした醤油顔には柔和な眼差しが浮かんでいる。私の探している、まさにその人だ。

「里中さん……」

「え？　あ、ごめん。誰だっけ」

昨日と変わらない姿を見せる里中さんは、自分史上最高に綺麗だった昨日の私と、今の地味なOLでしかない私を同一人物だとは思っていないらしい。

私は苦笑して、ポケットからリングケースを取り出した。すると、里中さんの表情が驚きに変わる。

「……あ！」

「昨日、あなたが指輪を渡したのは私です。人事総務部の塚本菫といいます」

「同じ会社の人だったのか。それはすみません。なんか」

「いいえ。こんな高価な指輪、やっぱりいただくわけにはいかないと思って。それで、返しに来ました」

そっと差し出したケースを、彼は大きな手で私のてのひらごとつかむと勢いよく引っ張った。廊下の角まで連れてこられたかと思うと、非常階段に押しこまれる。バタンと扉が閉まる音が、吹き抜けの空間に響いた。冷房の効いたフロアとは違う、少しムッとした空気が漂っている。

「……ごめん！　この指輪の話、人に聞かれたくないから」

「あ。そ、そうですよね。私ってばすみません。ホントに」

でも、びっくりした。体格はいいと思っていたけれど、まさかこんなに力があるとは思わなかった。

里中さんは、先ほどよりも砕けた調子で私の手を押し返す。

「えーっと。塚本さんだっけ。とりあえずそれはポケットに戻してくれる？」

「え？　あのでも」

指輪のケースを見て迷った。これを返したいって言っているのに、聞こえてない？

「俺にはもういらないものだから。捨てたいなら捨てていいよ」

「でもこんな高価そうなもの」

「だったら売ればいい。俺はかまわないよ」

そこまで言うなら、自分で捨てればいいのに。

何ヶ月もそれを持ち歩いて、それでも自分の手ではどうすることもできなかったこの人の本音が、サラリと言ったその言葉の裏に隠されているような気がして、私も意固地になってしまう。

「売れません」

「じゃあ捨ててよ」

「捨てられません」

「どうして」

だって、これはあなたの恋心だ。私がいまだくすぶらせて胸にひそませている感情と一緒のもの。

「簡単に他人が捨てられるようなものじゃありません。これはあなたの大切な気持ちじゃないですか。捨てるなんて……ダメです」

里中さんはひゅっと息を吸いこんだ。

次に私に向けられた眼差しは、先ほどまでの柔和なものではなく、どこか鋭さを感じさせた。

「……なんだって？」

語気も少し荒い。もしかして、……怒らせた？

急に怖くなって、言葉が口から出なくなった。うつむいて、ただギュッと指輪のケースを握りしめる。

「どういう意味？　塚本さん」

「いえ。あの」

「面白いこと言うよね。その話詳しく聞かせてくれる？」

問いつめる調子が怖い。里中さんってこんな人だったの？　昨日は落とした指輪をあんなに気遣ってくれたから、優しそうな印象を持っていたのに。

「そういえば、川に落ちた指輪も負け犬ジュエリーって言っていたよね。君こそどうなの？　あの指輪は俺が落としてしまったわけだけど、それでよかったの？」

「いや、あの、私のは……」

あれは憎しみしかこもってない指輪だもの。いっそなくなってスッキリしたくらいだ。

でも、こんなふうにからかわれるなら絶対に話したくない。この話はもう切り上げなきゃ。

「も、もういいです。じゃあ私が捨てます。それでいいでしょ？」

「いいよ。でもさっきの話はもっとしたいから。今度一緒に食事でも行こうよ」

「いや、あの、それは無理です」

「なんで？　彼氏はいないんでしょ？」

意地悪な調子に反発心が湧き上がる。反論したいけど、ここまでバレている状態ではそれも無理。なんとかして断る手段はないかしら。

「それは……そうなんですが」

大体、なんで急にこんな威圧的になるの？　里中さんって実は猫かぶりだったの？

「今携帯持ってる？」

心臓が飛びだしそうになった。

携帯はポケットに入っている。だけど頭の奥でずっと鳴っているのは、たぶん危険信号。それに従うように、とっさに嘘をついた。

「いえあの、カバンにあるので今は……」

「じゃあ、あとでそっちに行くから。人総だったよね」

そう言って、彼は私を威圧していた体勢を崩し、非常階段から出て行った。

「……なんだったの、今の」

小さな呟きは、非常階段という吹き抜けの広い静かな空間のせいか、妙に反響して。

私は自分の心臓の音さえ響いてしまっている気がして落ちつかなかった。

偽物と本物

気持ちを落ちつかせようと、私はそのまま二階分非常階段を上った。まだ昼休みは残っているから、ゆっくり時間をかけて。そして、一時ギリギリに、コソコソと自分の部署に戻る。

するとと、ばっちりとメイクを直した刈谷先輩と目が合った。

「あら、菫どこに行っていたの？」

「ちょっと一階のコンビニまで」

「なにも買ってこなかったの？」

「あ、あは。なんかいいのがなくて」

どうして女ってこんなに詮索好きなのだろう。同僚が昼休みにどこに行こうが勝手でしょう？

「コンビニに行くなら声かけてよね。私も買いたいものがあったのに」

「そうでしたか。すみません、次回はそうします」

角が立たないような返答を告げて、デスクに戻る。

メールをチェックすると、一通新着があった。

【件名：お疲れさまです】

いかにも仕事のようなメールではあったが、アドレスに違和感がある。このアドレスは、彼の……舞波さんの携帯電話のものだ。どうして今さら？　別れてからメールなんて一度もくれなかったくせに。それに、今は新婚旅行でヨーロッパじゃないの？

ざわざわした気分でメールを開くと、なんのことはない数行のメッセージが刻まれていた。

【不在の間になにか問題はありませんか。即時とは言いませんが随時対応させてもらいますので、お気遣いなくご連絡ください。こちらは低気圧で時折来る嵐にやられてしまいそうです】

これをどう受け取ればいい？

額面通りに考えるなら、新婚旅行中も仕事のことが頭から離れない実直な男、だ。だけど違う。私は舞波さんのことも江里子のこともよくわかっている。低気圧は江里子だ。彼女のわがままや贅沢に振りまわされているうちに、嫌になって逃げ場を探しはじめたというところだろう。

それで私？　こんな仕事の話にかこつけて？　ふざけないで。

私はそのメールを削除し、午後から作成する書類の準備をした。

仕事に没頭したい。よけいなこと考えたくないけれど、舞波さんのことが頭から抜けてくれない。

あれだけあっさり私を捨てたんだから、もう可能性なんて見せないでほしい。期待してしまう自分が嫌だ。やっぱり私のほうが彼を癒せるのかも、なんて。

過去の資料を見るために、私は資料室へ入った。天井近くまである高さの棚には、種別ごとのファイルがきちんと整理されている。コンピュータが主流の時代でも、こうした紙ベースの資料も保管されているのだ。

古い紙の匂いが、どこか懐かしく感じられる。室内には誰もいないようで、私は人目から開放されてホッとした。

「……はあ」

とたんに、漏れだすのはため息とひと筋の滴。

舞波さんのために、私はまだ泣ける。彼の言葉に、まだ期待している。

もし、彼が本気だったら？　今どき成田離婚なんて珍しいことじゃない。彼だってわかったはずだ。江里子のわがままにこれから先、一生付き合うことの大変さを。

だから、私に助けを求めてきたんでしょ？

『菫といると、落ちつくな』

ずっとそう言っていたもの。私に癒されたいんでしょう？　もし今、癒してあげたなら、本気で愛してくれる？

突然の衝動に、私はポケットを探りはじめる。

携帯のメモリーから彼の電話番号を消してはいない。それは彼が同僚でもあるからだけど、本当は消せない理由があることにどこかで安心していた。まだ繋がっていられることを喜ぶくらい、私は彼に未練があった。

今、私から呼びかければ、もしかしたら戻れるかもしれない。

期待は勢いよく膨らみ続け、衝動をあと押しする。

携帯を取り出そうとした瞬間、一緒に指輪のケースが転げ落ちた。

「……あ」

一瞬、時が止まったように感じた。現実がこぼれ落ちた、そんな感じ。

里中さんが婚約者に渡せなかった婚約指輪。私の指にも、彼からの愛情は収まることはなかった。負け惜しみで買ったジュエリーでさえ、私のもとには残らない。

彼は江里子を選んだ。それが現実だ。

おそるおそる手を伸ばして、その指輪のケースを開ける。中にある本物のダイヤモンドの輝きが私の胸をついた。

「……っく。えっ……」

涙があふれだした。あまりに自分が惨めで、情けなくて。

この指輪の本物の輝きは、私に現実を突きつける。彼の甘い言葉なんて偽物だと。

舞波さんが与えてくれるなにもかもは、光を当ててみれば虚像に過ぎないのだと。

手で顔を押さえても、指のつけ根を伝って涙がこぼれ落ちていく。

——寂しい。

衝動的に湧き上がるこの気持ちもまた本物だ。偽物の愛情でもいいからすがりつきたい。ほんのひとときでも愛されたい。ずっとそう思っていた。

だけどもう、彼にメールを返そうとは思わなかった。それはこの指輪のお陰かもしれない。

返せなかった里中さんの指輪に、少しだけ感謝した。

涙の痕《あと》を消すのは難しそうだった。今日はアイラインを引いていないからそれほどひどくはないけれど、目尻のあたりがまだらになってしまっている。

私は必要な資料を取り出し、顔を隠しながら部署に戻ることにした。すぐにカバンからメイク道具を出して直せば、まわりの人にはバレないだろう。刈谷先輩に見つかると、騒がれて本気で面倒くさいもの。

そう思いつつ、足もとだけに注意して歩いていると、人事総務部のブースのところに、男女の足が見えた。

嫌だ。こんなところで話さないでよ。デスクに行くのに邪魔じゃないの。そう思って近づいて、ふたりの声を聞いて足が止まる。

「……だから、なにか問題があるなら、私が対応するわよぉ」

「いや、そういうわけじゃないんだよね」

媚《こ》びた女の人の声は、刈谷先輩だ。彼女がこの声を出す相手はいつも同じ。営業一課の里中さん。

今は鉢合わせしたくないと思って、踵《きびす》を返したとたんに声をかけられた。

「……あ、いた！　塚本さん」

嫌ぁ、来ないで！　刈谷先輩の前で、あなたとお知り合いなのはアピールしたくないのに！

しかも、今はこんな顔だからよけいに誰にも会いたくない。

「ちょ、菫。里中くんと知り合いなの？」

「あ……」

「さっきの話の続き。今は、……持っているよね、携帯」

資料とともに手の内にある電話を見られてしまっては、反論のしようもない。

「番号交換しようか」

ゆるく笑う里中さん。うしろにいる刈谷先輩の気配が怖い。

「あ、あの」

私から飛びだすのは掠れた声。そういえば泣いてから、誰ともマトモに話してなかった。

「……塚本さん？」

疑問系の口調とともに、里中さんが勢いよく私が持っている書類をつかむ。

「きゃっ」

その一瞬で、腫れた瞼を確認されてしまった。

「ちょっとこっち」

里中さんは、すぐに私の腕をつかむと廊下へと引っ張りだした。

「菫！　ちょっと里中くん、菫になにするのよ」

躍起になって刈谷先輩が追いかけてくる。口では私を心配しているようだけれど、おそらく彼女の中に渦巻いている感情は私に対する怒りだろう。刈谷先輩にしてみれば、私が里中さんと知り合いなことも、彼のほうから私に会いにきたということも気に入らないはずだ。

私を壁際に寄せると、里中さんは威圧感たっぷりに刈谷先輩を見下ろした。

「今日は刈谷さんじゃなくて塚本さんに用事があるんだけど？」

「営業一課の仕事は私の担当よ？」

「仕事じゃない話なんだ」

「今は仕事中よ。それ以外の話だったら定時後にするべきだわ」

食い下がる刈谷先輩に、里中さんが一度ため息を漏らす。

「……行っていいよ」

大きな指が、小さく私の背中をコツンとつついた。

ふたりの言い合いのせいで、通りがかった人までがこちらを見ていたから、私は救われた思いでうなずいて化粧室へと逃げこんだ。

そのあとのふたりの会話は知らない。だけど。

「君はまわりが見えてないの？」

背中で聞いた里中さんの声は、背筋まで凍えそうなほど冷たかった。

化粧ポーチを持ってくることができなかったので、手持ちのハンカチで目もとをぬぐう以外にできることはない。途方にくれていると、ポンとポーチが投げられた。

「はい、アンタのカバンから取ってきたわよ？」

「……刈谷先輩」

先輩は無表情に近く、声も低めの一本調子で、それがよけい恐ろしい。

「ありがとうございます」

頭を下げて、ポーチからファンデーションとアイライナーを取り出した。でも指先が震えてうまくできない。

ああ、なんで沈黙しているの？　先輩。それが一番怖いんですけど。

「目もと、どうしたの？　泣いた？」

「えーっと、あの、コンタクトにごみが入って。ちょっと強烈に痛くって」

我ながら冴えた言い訳だと思ったけれど、刈谷先輩はまだ不服そうだ。

「……いつ里中くんと知り合いになったの？」

「え？　それは。その。……実は昨日、落し物を拾ってもらって」

間違いではない。色々端折《はしょ》ってはいるけれど間違ってはいない。

「それで、お礼を言いに行きました」

「ふうん。で？　電話番号を聞かれたって？」

刈谷先輩は不機嫌さを隠そうともしない。

これ以上追及されると苦しい。

全部すっきり言ってしまえばいい？　でもそうすればおのずと舞波さんとの関係まで伝えなきゃいけなくなる。そんなことしたら終わりだ。舞波さんと江里子の関係だけじゃなく、自分の立場も危うくなってしまう。

「里中さんは、気を使って今度食事でもって言ってくださって。それだけです」

「なんで拾った里中くんが誘わなきゃならないのよ」

「それは……実は拾ってもらったものを受け取るとき、うっかり手がぶつかって川に落ちてしまったものだから。気にしないでくださいって伝えたんですけど……」

細かい事実は省いたものの、案外と筋の通る理由ができあがった。

私は内心ホッとして、メイク直しを続ける。

「なんだそっか。だから食事なのか」

あからさまに、刈谷先輩の機嫌が直る。

「だったらふたりきりより人数がいたほうがいいんじゃない？　菫だってほら、指輪の彼に悪いでしょ？　里中くんだって一度食事おごればきっとすっきりするだろうし。

そうよ、私が付き合ってあげるから、三人で行きましょ？」

刈谷先輩はにっこり笑うと、手振りまで加えてそう言った。ものすごい理論でもって自分も一緒に行く算段をするあたりがすごい。さすが〝人総の肉食系代表〟。

「そ、そうですね」

「私から里中くんに言っておくわね。私を仲介役にすれば菫もあまり気を使わなくてすむでしょ。じゃあ、菫はゆっくり化粧を直して。しばらく不在でもごまかしておくから大丈夫よ」

急に甲斐甲斐しくなって先輩は化粧室から出て行く。

あの刈谷先輩にずっと目をつけられていて、今まで陥落しなかった里中さんに若干尊敬の念が芽生える。私にはそんなこと無理だ。

「……ふう」

ため息ひとつ。

先輩といると、自分の言いたいことの半分も伝えられない。でもそれを変える勇気もない。

彼女の作る流れに乗って、ただ静かにおぼれないように息をするのが、私にできる精一杯だ。

デスクに戻ると、ディスプレイの脇には小さなメモがあった。

【明日夜七時　一階ロビーに集合　刈谷】

もう話をつけたのか。その手腕たるやすさまじい。呆れるのと同時にやはり尊敬もする。行動派の刈谷先輩はいつも短い時間でなにかしらの結果をもたらすから。

「でも。……どうしよう」

里中さんは指輪のことを誰にも知られたくなさそうだったし、私だってあのペリドットの指輪を自分で買っただなんて誰にも知られたくない。でも私たちの繋がりは、〝落とした負け犬ジュエリーの代わりに行き場のない婚約指輪をもらった〟だけのものだ。刈谷先輩のいる前でなにを話せばいいと言うのだろう。

私を使えば里中さんと接点が持てると知った刈谷先輩は、普段なら雑用だからと私に押しつける仕事を手伝ってくれたり、声のかすれを心配して電話に率先して出てくれたりと、一日中私に親切だった。だけどそれは逆に居心地が悪い。

特に残業するほどの急ぎの案件もなかったため、早々に会社を出ることにした。

会社から駅へと向かう途中、背中をポンと叩かれた。

「塚本さんてば。何度も呼んだのに」

「え？」

振り向くとスーツ姿の肩が見える。さらに視線を上げて見えたのは、息を切らした里中さんだった。

「里中さん」

「もう帰るの？　早いね」

「里中さんこそ」

「俺は違うよ。たまたま一階のコンビニを出たら君が歩いていたから追いかけてきただけ。今から会社に戻るところ」

営業さんは毎日帰りが遅いと聞いたことがある。定時を過ぎても、まだまだやるべきことがあるのだろう。

私の隣に立って促すように先に歩きはじめる。つられて私も歩きだしたけど、彼にとっては逆方向なのに、と申し訳ないような気持ちになった。

里中さんは、右手で髪をかき上げながら、ため息交じりに言う。

「いや、大変だったよ。昼は」

「え?」

意味がわからず聞き返すと、彼は困ったような笑みを浮かべた。

「刈谷さん、ちょっとしつこいからさ」

「ああ。すみません」

私が謝る筋合いのことなのかしら。そう思うけど、反射で謝ってしまう。揉め事を作りたくない私の性分だ。

「だから、お詫びにちゃんと教えてもらわないと」

「なにをですか?」

「携帯。出して」

「え?」

「アドレス交換しよう。番号も」

「え? あの、でも……」

「社員同士が番号交換するのに、なんでそんな動揺するわけ? 自意識過剰に見えるよ」

思わずかっと顔が赤くなる。

確かにそうだ。私はなんでこんなに意識しているのだろう。

「というわけで、ハイ」

そう言っててのひらを出された。これ以上の抵抗は、逆に恥ずかしい。

「ええと、ちょっと待ってくださいね」

携帯を取り出し、自分の番号を探す。半月前にスマホに替えてから、今まで誰ともアドレス交換をすることがなかったから、勝手がわからない。

画面をいじりながらオタオタしていると、目の前から携帯が引き抜かれた。

驚いて顔を上げると、里中さんがクスクス笑っている。

「俺やっていい？」

「あ、はい」

「塚本さんのわりと新しい機種だね」

「半月前に替えたばかりなんです」

話している間に作業を終えたのか、彼は私の手に携帯を戻してくれた。

「俺のも入っているから。じゃあ、明日」

「明日？」

「刈谷さんが言ってなかった？　三人で食事しようって」

「あ、そうでしたね」

「そのあとふたりで抜けよう。じゃあ」

「え、あの？」

聞き返す前に、里中さんは踵を返して行ってしまった。

心臓がドキドキしている。今の言葉が、なにか甘い響きを含んだ誘いのような気がして。

「……やっぱり自意識過剰かも」

誰に見られているわけでもないのに、恥ずかしくて堪らなくなって、小走りに駅へと向かった。


その夜、翌日の服を決めかねてベッドの上に広げていると、メールが届いた。

発信者を見てギクリとする。舞波さんだ。……どうして？

【結婚式来てくれてありがとう】

そんな題名のメールは、一見すると送られておかしい内容ではない。それは江里子対策？

だけど内容を確認して、唖然とした。

【いつ雨が降るかもわからないここにいると気が休まりません。日本の穏やかな気候が恋しくなります。やはり俺にはそちらのほうが合っているのかもしれません。戻ったら仕事の進捗について打ち合わせしましょう】

「……なにこれ」

時差があるはずだから、今は舞波さんのいるあたりは午前中？　江里子と一緒に旅行しながら、こんなメールを送るの？

深読みしようと思えば、いくらでもできるような内容だ。ただの気まぐれだとわかっているのに、反応してしまう自分が悔しい。

忘れたいのよ。私は不倫なんかしたくない。愛人なんて嫌だ。

なのに、こんなにも簡単に揺さぶられる。

――別れてくれるなら。江里子と別れてくれるなら、それまでの間なら、愛人でもいい？

私の弱い心に、舞波さんの言葉は簡単に入りこんでくる。

所詮私はこうなのだ。付き合っていたときだって、そう信じて裏切られたくせに。こうしてまた淡い期待をするのは間違いだとわかっているのに。

と、そのとき。もう一度着信音が鳴り、メールが届いた。

【夜分に失礼】

驚いて画面を見ると、私の受信履歴に今までに一度もなかった名前が書かれている。

里中さんからのメールだ。

【明日の食事の件だけど。好みは洋食・和食・中華のどれ？　どうしても苦手な食べ物ってある？】

この人は食事に誘うとき、いちいちそんなことまで気にするのだろうか。営業さんだから色々気がまわるのかな。

【私はなんでも大丈夫です。刈谷先輩は辛いものが苦手なので、中華ははずしていただけると助かります】

そんな返事を書くと、十分後くらいに返信が来る。

【じゃあ、君の好きな食べ物は？】

一瞬目が点になった。私はいつも『なんでもいいです』と答えるから、その上でさらに好きなものをと聞かれたことはなかった。舞波さんにも友達にも、両親にでさえ、ないかもしれない。

なんだろう。私の好きなもの。

和食も好きだし洋食も好きだ。でも、和食はどちらかというと家で作るような煮物系が好きだから。外で食べるのだったら……。

「パスタとか？」

だったら、幅が広いから一緒に行った人も悩まなくてすむ？

【パスタとかでしょうか】

思いのままメールを返すと、今度はすぐに返事が届いた。

【だったら塚本さん向きの美味しい店知っている。任せておいて】

自然に特別扱いされたようで、なんだか胸がドキドキする。

「自意識過剰……」

昼間言われた言葉を、戒めのように口にした。


翌朝出社すると、先に来ていた刈谷先輩が笑顔で近づいてきた。

今日は丈の短いスカートを履いている。気合十分という感じで、お化粧もばっちり決まっていた。

「菫、わかってるよね？」

「なにがですか？」

「今日の食事の話。協力して？　途中で抜けてくれないかなぁ」

「え……」

自然に顔がこわばってしまう。

里中さんは私と抜けようって言っていたのに。

自分で思っていたよりずっと、私はそれを楽しみにしていたみたいだ。刈谷先輩の言葉に、心がかき乱される。

「あの、でも」

「頼んだわよー」

肩をぽんと叩くと、刈谷先輩は鼻歌を口ずさみながらもう違うことをはじめている。いつだって、私の話なんて聞いていない。刈谷先輩はいつもそう。私なんて、取るに足らない存在だと思われているのだろう。

舞波さんだってそうだ。私はどうとでもなる女だから。……だからキープしようと誘いをかけているんだ。

胸の奥がもやもやする。自分で勝手にそう思いこんで苦しくなるなんて、自虐的だ。だけどどうしてもやめられない。

「塚本、悪いがこの資料を三十部作ってくれないか?」

「は、はい!」

声をかけてくれた部長に心底感謝する。悪い方向へとしか考えられなくなったときの抜け出し方を、私は知らない。

夕方六時半を過ぎたころ、刈谷先輩が立ち上がった。そそくさとポーチを持っていくところを見ると、これからお化粧直しをするんだろう。

そして私の携帯にメールが入る。

【里中です。帰社の予定が遅れたので直帰にしました。駅で待ち合わせましょう】

連絡事項もスマートだなぁ、なんて、そのソツのないメールを見て思う。

【わかりました。先に向かってお待ちしています】

返信をして、帰る準備をする。化粧室まで刈谷先輩を迎えに行くと、ちょうどまつげが盛られているところだった。

「どう？　菫」

「……ちょっと、頑張りすぎじゃないかと」

さすがに、これほど昼間と差があっては逆効果なのではと思うのだけど。

「バカね。あなたのために綺麗にしたのよ、ってアピールよ」

「はあ」

「健気なところに男の人は弱いものよ」

その言葉には同意するけれど、まつげを盛ったことでは健気さはアピールできないと思う。だけどそんなことを言ったら刈谷先輩に怒られるに決まっている。ただ曖昧に笑って、刈谷先輩を化粧室から引っ張りだした。

待っていますなんて返事したけど、このままじゃ私たちのほうが遅れそうだ。

「刈谷先輩、ほら、遅れちゃいますよ」

「ああもう。なんでもっと早く呼ばないのよ！」

「……すみません」

あなたが遅いからじゃないですか。

心の中では不満がうごめいているのに、なんで言えないのだろう。明らかに私が悪いわけじゃないのに。

息を切らしながら向かった駅前。構内に吸いこまれていく人と吐きだされてくる人が行き交い、視界は良好とはいえない。そんな人ごみの中で、大きな柱にもたれるようにしてたたずむ男性の姿が見えた。

彼は体が大きいからだろうか。こんなに人がたくさんいて、同じようなスーツの人間もたくさんいるのに、なぜか目を引く。時計を見つめる鋭い眼差しが、私たちを見つけると柔らかいものに変わり、目が合ったと同時に私の心臓が跳ねた。

「やあ」

「遅くなってすみ……」

「里中くん、ごめんねぇー。待った？」

私の謝罪は刈谷先輩の声にかき消される。ちゃんと伝えたいのに、私は刈谷先輩を押しのけてまでは話ができない。

いつもならそんなことを気にはしないのに。なぜだろう、胸がざわざわする。

「塚本さん、行くよ」

「そうよ、菫。ほら早く」

「すみません」

先を行くふたりを追いかけるように私も足を速めた。

寄り添うように隣を歩く刈谷先輩を避けようとして、里中さんは微妙に斜め前へと進んでいく。うしろから見ているとそれがよくわかって、少しおかしくなってしまう。

「ねぇ。どこ行く？　私飲みたいなぁ」

刈谷先輩が、擦り寄ってくる猫のような甘えた声で言う。

「いや、今日は食事を中心にしようかと思って」

「そうなの？」

「この近くに美味しいパスタの店があるんだ」

メールの話は出さず、自然にお店へと誘導してくれてホッとした。

刈谷先輩は私にはわからない営業さんの話を里中さんにしていたので、私はただ黙ってふたりのうしろ姿を見ていた。先輩は私より五センチほど背が高い。里中さんと並んでいると、ちょうど彼の口もとあたりに頭がある。いい身長差で、うしろ姿だけ見ていればとてもお似合いだ。

黙っている私を見かねたのか、里中さんが振り向いて私に話しかけてくれた。

「塚本さんはいつ入社なの？」

「え？　私は四年目です」

「じゃあ彼女と一緒か。神田《かんだ》江里子さん。この間結婚した」

「そうです。同期です」

話しながら、微妙に立ち位置が変わる。先ほどまでは刈谷先輩と並んでいたのに、今はどちらかといえば私と並んでいるような状況だ。

「そういえば、里中くん。なんであのとき帰っちゃったのよー」

刈谷先輩は不満げに振り返り、会話に割って入ってきた。

もともと私は人と会話するのがあまり得意じゃない。いつもなら刈谷先輩の行動にホッとするはずなのに、なぜか今は軽いいらだちを感じた。

「里中さんも、披露宴にいらしてたんですか？」

自分でも予想外に、ふたりの会話を自分へと引き戻す。

「うん。塚本さんもいたんだよね。あのときは気づいてなかったけど。舞波に呼ばれた？　同じ部署だもんね」

「いいえ、私は江里子の友人側で。里中さんは……」

「俺は舞波と同期で。とはいってもそこまで仲がいいわけでもないけど。行っとけって上から言われて」

なんとなく、彼が不愉快そうな顔をしたのは気のせいだろうか。会話だけ聞いていればそれほど違和感はないのだけど。

舞波さんと江里子の挙式には、会社がらみの色々なしがらみもある。たいした繋がりがなくても、将来有望株は呼ばれるみたいって誰かが言っていたような気がする。里中さんも、そういうので呼ばれたのかしら。

「さあ、ついたよ。ここ」

里中さんが立ち止まったのは、路地の一角にありながらも、外壁が石造り風の、まるで外国にあるような雰囲気をかもしだしているお店だった。

一歩足を踏み入れて、その素敵な内装に心を奪われる。全体が漆喰《しっくい》で作られた壁は、窓の黒色の格子がアクセントになっている。天井には小さなシャンデリアが何個も散りばめられて、入口に置かれたベンチの細工も見事なものだ。

レジ前には青い鳥の置物。まるで今にも歌いだしそうなほど躍動的だ。そこから、背の高い女性店員が出てきた。

目鼻立ちがはっきりしていて、金髪に近い薄い茶色の髪をひとつにまとめている、さっぱりした美人という印象の店員さんだ。彼女は私たちを見つけるとゆるやかに笑った。

「いらっしゃいませ」

「こんばんは」

「お待ちしておりました。こちらへどうぞ」

順番待ちの人たちの横をすり抜けて、四人がけの席へと導かれる。

「予約してくれたの？」

刈谷先輩が興奮した様子で里中さんを見上げた。すると彼は、小さく笑って私たちの前にメニューボードを並べてくれる。

「待たされるのがあんまり好きじゃなくて。でも席だけで料理は決めてないよ」

先ほどの女性店員がお水を持ってきて、微笑みながら私たちを見ている。なかなか立ち去らない彼女を、里中さんは嫌そうな顔で追いたてた。

「注文決まったら呼ぶから」

「はい。嫌だ、里中さん、そんな冷たくしないでください」

「混んでいるんでしょ？」

「ええ。でも注文が入らないと私はたいして仕事がなくて」

「とにかく、あとで呼ぶから行って」

手で追い払われても、気にしたふうもなく彼女は去っていく。その空気には、単なる客と店員以上のものを感じた。もともとの知り合いなのかもしれない。

「知り合い？　里中くん」

私が聞くより先に、刈谷先輩が不満げに尋ねた。

「まあね。何度か来ている店だから。いいからほら、なに食べる？」

里中さんは追いたてるようにメニューを指さし、刈谷先輩は隙あらばまた問いただそうと思っているのか、何度も里中さんをチラチラと見ていた。けれど、メニューに載っている美味しそうな写真を見たとたん、彼女はそれに釘づけになり、話が戻されることはなかった。

それぞれがパスタを頼み、サラダは大きめのものをひとつ注文した。

「なにか飲もうか。塚本さん、お酒は平気？」

「はい。大丈夫です」

「私には聞かないの？」

「刈谷さんは平気でしょ。前に飲んでたの見たことあるし」

「あら、覚えてくれていたのね？」

里中さんは冷たくしたかと思うと上手にフォローを入れて角が立たないようにする。このテクニックは営業ならではのものなのだろうか。

刈谷先輩は気づいていないのかもしれないけど、はたから見ると里中さんには刈谷先輩が眼中にないことがよくわかる。分け隔てなく話しているようで、刈谷先輩と話すときに、里中さんが身を乗りだしてくることはほとんどない。

結局里中さんの意向で、ワインをボトルで頼むことになった。

すぐに持ってこられたそれがグラスにそそがれる。グラスの中へ滑り落ちた透明な液体は、何度も揺れてやがて落ちつきを取り戻す。

「で？　菫が落としたのはなんだったの？」

「いや。あの」

「大事なものだったのに。本当に悪かったよ」

「いえ、里中さんが気にすることじゃありません、ホントに」

「お詫びだから。たくさん食べて飲んでね」

「はい。なんか逆に申し訳ないです」

あえて話を替えるわけでもなく、一歩進むことで刈谷先輩を会話から排除する。これを意図的にやっているのだとしたら、彼はかなり頭のキレる人物だ。

私は勧められるままワインを飲んだ。苦いお酒は苦手なので、普段はカクテルばかり飲む。ワインもどちらかといえば苦手意識を持っていたけど、これは甘くて美味しい。こんなに飲み口のいいワインに出会ったのははじめて。

「あれ、結構いける口？　たくさん飲んでよ」

里中さんがどんどんついでくれる。お酒に弱いほうではないと思うけれど、いつも帰りを考えてセーブしている。そそがれるがままに飲んでいると酔っぱらってしまいそうだ。

そのうちに湯気の上がったパスタも来て、その濃厚なソースに舌鼓を打つ。

「美味しいですね」

「そう？　口に合ってよかった」

「里中くんってお店色々知っているのねー。かっこいい」

パスタのお店は結構行くけれど、ここのは本当に美味しい。

よくソースがサラリとしすぎていてパスタとソースを別々に食べてしまうようなことがあるけど、ここのはドロッとしていてしっかりからみつく。このトマトソースも酸っぱすぎず舌に合う。もしかしたらケチャップも入っている？って感じの風味。

「ここのは本格イタリアンじゃないんだ。マスターはイタリア人だけど奥さんは日本人で。日本人好みの味つけにって思考錯誤したもの。オーダーを聞きにきた彼女はこの娘さんなんだよ」

私の疑問に答えるように里中さんが説明してくれる。

イタリア人が作るのに、日本好みの味つけなんだ。それってなんかすごいかも。だって、奥さんの味覚を信頼してなかったら、きっとそんなことできない。

素敵なご夫婦なんだろうなぁって思って見回しても、ここからでは厨房は見えない。トイレにいくときにでも、のぞいてみようかしら。

その後も、里中さんは色んな話題を出して、私たちを飽きさせないように気を使ってくれた。楽しくて食が進み、ついついワインも飲みすぎてしまう。

「美味しい。ふふ」

「菫？　どうしたの？」

「刈谷先輩、楽しいですねぇ」

私、ちょっと酔っているのかもしれない。なんだかそばにいる人に甘えたい気分。刈谷先輩があんなに里中さんのこと好きなのも、わかるような気がする。仕事ができて、気が利いて、優しくて。一緒にいると、自分が特別な存在になったような気分にさせてくれる。こんな人もいるんだなぁ。

「ちょっとごめんね」

里中さんがトイレに行くのか席を立ち、その隙を狙ったかのように刈谷先輩が私に耳打ちする。

「ねぇ菫、お願いだから協力してよ。この店出たら帰るって言って。そしたら私、里中くん誘うから」

「えぇ？　先輩ばっかりずるいです。こんなに楽しいのに」

「ちょっと菫？　アンタ酔ってる？」

酔ってます。だって、刈谷先輩に対してこんな強気に出られることなんてない。

ずるい。それはいつも思っていたけれど、一度だって口に出したことはなかったのに。

「とにかく頼むわよ。菫、お願い」

「えー」

「アンタ私に逆らう気?」

刈谷先輩の声色と目つきが一瞬で変わった。背筋がぞっとして、酔いも急速にさめてくる。

「ご、ごめんなさい。ちょっと酔ってました」

「そうよね。菫に限って私の言うこと聞けないなんてことないわよね。ちょっと悪酔いしてるのよ。もう帰ったらどう?」

「は。はい」

あわてて立ち上がる。そのタイミングで、里中さんが先ほどの店員さんと一緒に戻ってきた。

「あれ?　どうしたの?」

「え、あの」

「菫は酔ったから帰るって」

戸惑う私の意思を、刈谷先輩が決めてしまう。

「お時間があるなら、もう少しお待ちくださいｌ？　こちら特製のレモンジュースです。さっぱりしますよ」

「え？」

「結構酔ってるように見えたから、頼んできた。刈谷さんはいらないでしょ。まだまだいけそうだし」

なんの気なく里中さんが言って、私の肩を押して椅子に座らせる。

そして目の前には、綺麗な細い指によって置かれた、薄い黄色のジュース。

「酸っぱいのは平気かな。オレンジとミックスされてるから、レモンって言っても飲みやすいよ」

「あ、ありがとうございます」

ひと口含むと、酸味の利いた液体が酔いで鈍っていた感覚を引きしめてくれるようだ。

「美味しいです」

きゅっと、胸に染みる。

美味しいから。嬉しいから。そして、……なぜか悲しいから。

じわりと涙が浮かんでくる。最近涙腺が弱い。どうしてこんなところで泣きたくなるの。

気づかれたくなくて、前髪を直すふりをして顔を隠した。

「ごめんなさい。やっぱりすごく酔ってしまったみたい。先に帰ります。里中さん、素敵なお店に連れてきてくれてありがとうございました。とっても美味しかったです」

一気に言って、そのまま立ち上がる。すると、右腕を彼につかまれた。

「待って。だったら皆で帰ろう。もう食べ終わったし。刈谷さんもそれ飲みきったら終わりでしょ？」

「えー、でも私まだ飲みたいなぁ」

「自分の後輩放って飲むの？　それにここは飲み屋じゃないから、そろそろ出ないとほかの客に迷惑だよ」

「じゃあ場所変えましょ」

「悪いけど俺も帰るよ。明日もまだ仕事あるしね」

「あら、そう」

刈谷先輩は不満そうな顔を隠しもしないで、残りのワインを一気にあおった。

彼女からそそがれる視線が怖い。だけど、里中さんが腕を放してくれないので、逃げるわけにもいかない。

帰り支度をしてレジに向かう間も、私の足取りはおぼつかなかった。そこまで酔っぱらっているわけじゃないのに、刈谷先輩への恐怖がそうさせるみたいだ。

駅で里中さんと別れたら、刈谷先輩にまた罵倒される。嫌だ。そんなの聞きたくない。

「やっぱり具合悪そうだね。もうちょっと休んだほうがいい」

里中さんは会計をしながら、私の二の腕のあたりをつかんでそう言った。

「美亜《みあ》ちゃん、彼女少し休ませてもらってもいい？」

そう彼女に言う。この綺麗な人の名前は美亜さんっていうのか。

「かまいませんけど、里中さんはどうなさるんです？」

「俺は彼女を駅まで送ってくるから。また来るよ」

そう言って刈谷先輩の背中を押した。刈谷先輩は全く私のほうを振り向かないから、表情が読めない。ふたりきりになれることを喜んでいるのか、それとも、あとでこっちに戻ってくることに対していらだっているのか。

美亜さんが私の肩をつかんでカウンターの席に座らせてくれたので、私はふたりに頭を下げる。

「すみません、刈谷先輩」

「別にいいけど。私が送っていこうか？　菫」

ようやく私を見た刈谷先輩の表情は不満げで、口調はそっけない。彼女に対する恐怖がじわりと湧き上がってくる。

「いえ、休めば大丈夫です。里中さんも……戻ってこなくても大丈夫ですから。落ちついたら帰ります」

刈谷先輩の手前そう言ったけど、本心は違う。戻ってきてくれたらいいのにって思っていた。

ふたりが出て行って、お水をいただきながらため息をつく。すると美亜さんが隣に座った。

「大丈夫ですか？」

「はい。すみません。ご迷惑かけて」

「いいのよ。里中さんが連れてくる女の子って見てみたかったの」

「え？」

「うちの店、本当は少人数では予約受けつけないのよ。なのにランチタイムにわざわざ頼みにきて。これは誰か特別な人を連れてくるんだろうと思って楽しみにしていたの。まさか両手に花で来るとは思わなかったけど。なんとなく、あなたのほうなのかなーって」

美亜さんは、夢見るように笑う。そんなこと言われたら、変に期待をしてしまう。でもきっと美亜さんの勘違いだ。里中さんにそこまでの意図はないだろう。だって、忘れられない婚約者だっていたわけだし、私なんて知り合ったばかりだし。

「これで少し落ちつくといいけどね」

「え?」

「すみませーん」

意味深な言葉の続きをもっと聞きたかったのに、美亜さんはお客さんに呼ばれて行ってしまった。

ひとりになるとさっきの美亜さんの言葉が頭をめぐって、期待ばかりがひとり歩きする。

もし、里中さんが少しでも私に好意を持ってくれているなら、私をこの泥沼から救いだしてくれる? 舞波さんの変な誘いに揺れてしまう私を、助けだしてくれる?

鈴の音とともに、扉が開いた。

「お待たせ」

ガッチリした体が、私を背中のほうからのぞきこんでくる。その顔の近さに驚いて、私は体をすくめてしまった。

「里中さん」

「刈谷さんがなかなか素直に電車に乗らなくて遅くなった。ごめん」

彼が浮かべた微笑みが、三人でいたときよりも優しそうに見えて、心臓が大きく鼓動を打った。しかもそのドキドキはなかなか止まらない。

どうして？　これじゃあまるで、彼に恋をしているみたいだ。

でもまさか、出会ったばかりなのにそれはない。それに、舞波さんのことを忘れられない自分も確かにいる。

ただ、この泥沼の状況から助けだしてくれそうだから、無意識に彼を求めているのかもしれない。

本当の気持ちはどっち？

――それは自分でもわからない。

流されたいのに

里中さんは、私の腕を引っ張って立たせると美亜さんに手を振った。

「悪かったね。連れてくよ」

「はい、ぜひまたお越しください」

にっこり笑って見送ってくれる美亜さん。

私はふらついた足取りで、彼に腕を支えてもらいながらついていく。頬が熱いのは、決して酔いだけのせいではない。彼との距離の近さに、なんだか焦ってしまう。

「さて。どうしようか。どこかでコーヒーでも飲む?」

「え?」

嬉しいけれど、刈谷先輩に見つかりでもしたら大変だ。本人に見られなくても、噂になったらそれだけで彼女を怒らせてしまうに違いない。

一気に血の気が引いていく感じがして、私は焦って彼を見上げる。すると彼はなにを思ったのか、キョトンとしていた顔に薄い笑みを貼りつけた。

「それとも、介抱されたい?　どうなっても知らないけど」

その言葉に、かあっと顔が熱くなる。なにを言いだすの、この人！

「こ、コーヒーにします！」

冷静さを失った私の頭には『コーヒー』か『介抱』かという二択だけが残り、当然の選択をした。

「そうだね。のんびりできそうな店がいいよね」

少しの動揺もしていない彼に、なんだか嵌《は》められた気がする。最初から、コーヒーを選ばせるためだけの言動だったようだ。

「うん。あそこにしようか」

彼の頭の中には、このあたりの飲食店は全部インプットされているのだろうか。パソコンで検索したときみたいにぱっとお店が出てくる。歩きだした彼についていこうとすると、ふらりと体が揺らいで、彼の大きな手に支えられた。

「ほら、大丈夫？　そんなに飲んだかなぁ。ワイン、ボトル三分の一だよ？」

言われてみれば、酔いつぶれるような量は飲んでない。私は雰囲気に酔っただけなのかもしれない。現に、外に出て夜風にあたったらずいぶんすっきりしてきた。

「もう大丈夫です。歩けます」

「そう？　気持ちは悪くない？」

「すっきりしてきました。風がいい気持ち」

それから、里中さんの案内で雑居ビルの二階にある喫茶店に入った。扉が開いた瞬間、香ばしい香りに包まれる。

「ミルクとか入れる人？」

「はい」

「じゃあ、カフェオレでいい？」

「はい」

彼の質問にイエスと答えていくだけで、すべてが決まっていく。

目の前には美味しいコーヒーと、かっこよくて話し上手な男の人。私には不相応な状況に、なんだか居心地が悪くなった。

「さて。やっとふたりになれたね。刈谷さんにも困ったもんだよなぁ」

「刈谷先輩は苦手ですか？」

「押しの強いタイプはちょっとね。俺だってバカじゃないから、あっちにその気があるのはわかるけど」

やっぱり刈谷先輩の気持ちはちゃんと伝わっているんだな。会社の同僚だから、なんとなく流しているって感じか。でもそれって、刈谷先輩が可哀想な気がする。

「その気がないならはっきり断ればいいんじゃないですか？」

「相手が気持ちを伝えてくれればね？　そうじゃないのにこっちから言うのはただの自惚れだろ？」

「まあ……そうですね」

確かにそうかも。

それにしても刈谷先輩は、あそこまで積極的に行動しておきながら告白はしてないのか。

「塚本さんは？」

「はい？」

「その、見返してやりたい相手のことはどうなの？」

「どうって……」

どうもこうもない。彼は結婚しているのだから。ただ、意味深なメールをもらって、私が揺れてしまっているだけだ。

「なにも……ないです。見返せてもいない。私はもうとっくに振られてるので」

「ふうん。どうして振られたの？」

「そんなこと聞きます？」

あまりにも容赦のない突っこみに思わず反論してしまう。

「だって気になるし。君のようなタイプの女の子は遊びでは付き合わないだろ？　男のほうだって、本気じゃなきゃ付き合わないと思う」

「そんな……」

そんなことはない。実際、私は遊ばれていたのだろうと思う。将来を考えれば彼が江里子と別れるわけがなかったし、私に関係をバラす勇気がないことも、たぶん見抜かれていた。

私だって、彼に江里子がいるのを知っていて付き合った。里中さんの中で、私がどんな人格に映っているのかは知らないけど、私はそんなに綺麗な女じゃない。

「イメージで決めつけないでください。私はそんなに真面目でも貞淑《ていしゅく》でもないです」

「貞淑ときたか。じゃあなに？　浮気でもした？　それとも、されていて別れた……かな？」

真実に近づかれると言葉を思いつかなくなる。息をのみこんで黙ると、里中さんはコーヒーをひと口飲んで話の方向を少しだけ変えた。

「どっちみち君の中では終わってないんだろ？　まだ彼が好きなんだ？」

「そんなことないです」

「そうでなきゃ俺のことを見抜いたりできないよね」

物腰は優しいのに追いつめられている気分になる。刈谷先輩と三人でいたときはそんなことなかったのに、どうしてだろう。

「里中さんは……指輪の彼女とは婚約までしてたんですよね」

仕返しのつもりで切り返す。すると、彼は目を見張って私を見た。

「そうだよ。婚約してたことまで知ってるのはなんでかな？」

「う、噂でです」

突っこまれてたじろぎながらそう返すと、彼は突然うつむいて、ゆっくりと額《ひたい》に右手を添えて頭を抱えた。

「そんなに噂になってた？　それは恥ずかしいな。婚約者に逃げられるような男だなんて、営業としては最悪な汚名だけど」

呟かれた声は先ほどより小さく、沈んでいた。目の前で男の人に落ちこまれるのは焦る。しかも自分の言葉が原因だとすればなおさら。

「や。違います。そんなに噂にはなっていません。刈谷先輩が言っていたのを聞いちゃって……」

私の弁明がまだ途中のうちに、里中さんが吹きだす。けらけら笑うその顔を見て、頭に血が上ってきた。

「ひどい！　落ちこんだふりするなんて」

「はは、いやごめん。素直だね、塚本さん。それに、落ちこんだのはホントだから、慰めてくれて嬉しいよ」

嬉しいよ、とか。そんな言葉をさらりと言えるこの人はなんなのだろう。

真っ赤になった私の頬に、彼の手が伸びてきてすごく驚いた。一瞬身を引くと、彼の手は頬の一箇所をぬぐうようにさわってすぐに離れる。私を見るその顔が、優しく笑っていて胸がドキドキする。

「君を振った男はバカだね。君みたいな人が、本当はちゃんと愛情をくれるのに」

「そ、そんなこと……ありません」

「へぇ？　じゃあ、愛してないのに今も苦しんでるの？」

「違います！」

里中さんの言葉に、だんだん混乱してくる。

こんなふうに、私の気持ちに深く突っこんでくる人は今までいなかった。いつだって私は、平凡で、大人しくて、扱いやすい女で。私の気持ちを聞いてくれる人なんていない。誰にだって軽く扱われてきた。

そう、刈谷先輩だって、舞波さんだって、江里子だって。

「私はちゃんと好きでした。……でも、好きになっちゃいけない相手だったんです」

言い切ると、じわりと涙が浮かぶ。

嫌だ。どうしてこんな醜態《しゅうたい》をさらす羽目になるの。

「へぇ？　やっぱり浮気だ」

「……そうです。私が浮気相手で。……ダメだってわかっていたのにやめられなかったんです」

「そして簡単に切り捨てられた？　だから見返したい、だったの？」

「……はい」

私は里中さんの話術に嵌められてしまったみたいだ。結局、相手が誰かということ以外は、すべて話してしまった。

今まで誰にも打ち明けることのできなかった秘密。舞波さんと私だけの秘め事。それはもう、私たちだけのものじゃなくなってしまった。

鼻をすすっていると、里中さんがもう一度コーヒーを含んだ。そしてゆっくり笑うと、私から視線をはずして、なにもない空間を見つめる。

「俺の婚約者は二年間付き合った人だった。ひと目惚れでね。押しまくってようやくモノにした女性。でも、彼女にはずっと好きな人がいたんだ」

「そんな。それはひどくないですか？　好きな人がいるなら里中さんと付き合うべきじゃないのに」

「本来ならね。だけど彼女が好きだったのは義理の兄貴だったから……好きって自覚もしていなかったのかもしれない。結婚を持ちかけられてはじめて気づいたんだろうね。順風満帆だったはずの俺たちの関係は、簡単に崩れた」

彼の視線が、手もとへと落ちた。とんとんと指でテーブルを叩く仕草はいらだっているようにも傷ついているようにも見えて、私の胸までざわついてくる。彼は今、過去の自分を思い返しているのだろうか。

「それで、まあ俺とは破局。結構押したけどね。自分の気持ちに嘘はつけなかったんだろう」

「そんな」

私が彼の立場なら、きっと納得できない。

だって、二年間幸せに付き合っていたなら、きっとこれから先だってそうできる。多少の心の揺れなんて、一瞬の気の迷いのはず。

そう思ってちらついたのは、江里子と舞波さんの関係。

ああそうか。だから、舞波さんは私を選ばなかった？

多少波風が立つことがあっても、江里子とは二年付き合っていたはず。彼にとっては、私が一瞬の気の迷いだったんだ。江里子を振ってまで、出世を犠牲にしてまで私が必要だとは思ってもらえなかった。

だから。

視界の中の里中さんが滲む。ああ、またこんな変な顔を見せてしまうなんて。

「……どうして君が泣くの？」

「す、すみません」

「同情してる？」

「違います。これは……自分が悲しくて泣いてるだけです」

「俺の話をしてるのに、なんで君が悲しくなるの」

「どうしてでしょう。すみません」

「……面白いよね、塚本さんって結構」

里中さんが笑った。その笑顔にどこか救われた気分になりながら、私はボロボロと流れる自分の涙を拭いた。自分の気持ちを吐きだしたくなって、聞かれてもいないのに言葉が止まらなくなる。

「いつか、別れてくれるって思ってたんです。や、本当はわからない。どこかで諦めてもいました。彼は私を選ばないって。だけどもしかしたらって希望も消せなかった」

「うん」

「私といると癒されるって言ってくれました。私はそれを信じてた。だけど。……だけど、彼はほかの人と結婚した。それが、自分の気持ちに嘘をつけなかった結果だとしたら、私の存在はなんだったんだろうって思って」

しゃくり声で言う。自分でもなにを言っているのか、よくわからない。

言ってることもやってることも、支離滅裂だ。

「……ずいぶん悪い男に引っかかったね」

「ち、がう。私だって、それを知ってて付き合ったんです。彼には彼女がいること」

しかも、その相手は私の友達だって。

「じゃあ。塚本さんも悪い女だったんだね」

身も蓋もないことを言われて二の句が継げなくなる。そんな私を見て、里中さんはにっこり笑った。

「それでいいじゃん。悪い女だった、悪い恋をした、で。悪いと思っているなら引きずることないよ。終わりにしよう？」

「え？」

「忘れられないのには、忘れられないだけの理由があるはずだ。それが君の罪悪感だとしたらこれで終わり。悪い女だったって認めて終わりにすればいい」

里中さんの言葉が、胸にストンと落ちる。もやもやしていた感情が、磁力に引き寄せられる砂鉄のようにそこに凝縮されていく。

「それでも忘れられないなら、君は彼にまだ未練があるんだ。そのときは仕方ない。気持ちが消えるまで苦しむしかない」

「……里中さん」

「俺はそうだったんだよ。だから指輪もずっと持ち歩いてた。ずっと彼女に未練があった」

カバンの奥底で、輝きをケースに閉じこめたままのその指輪。光り輝いているのは、彼の美しいほどの愛情。

「でも手放したじゃないですか」

「うん。そうだね。あれは実は、神様がくれたチャンスなんじゃないかと思ったんだよ」

そう言って笑った顔はいたずらの色を持っていて、いつもとは少し違ったその表情に心臓が高鳴った。

「チャンスって」

「変わるチャンス？　俺はさ、あの指輪を自然に手放せる日を待ってたんだ。毎日持ち歩いてたら、気がつかないうちに落としたりして、なくならないかなって。だから君の指輪を落としてしまったとき、焦ったけどチャンスだって思った。指輪を落とした人に渡すなら、あの指輪は無駄になるわけじゃない。……俺はたぶん、彼女への感情がすべて無駄だったとは思いたくないんだな」

ふわりと頭を撫でられて、目を細めて優しく笑う彼から目が離せなくなる。あなたが笑いかけているのは誰ですか。私？　それとも過去の彼女？

「だからもらってよ。捨ててくれてもいいから」

「……っ、捨てられません、てば」

胸が熱くて、苦しい。別に好きだと言われたわけでもないのに、なんでこんなに胸がドキドキするの。

「もらっていいんですか」

「うん」

「もう返しませんよ」

「いいよ。その代わり、また食事に行こうよ」

「え？」

「俺たちふたりともリハビリが必要じゃない？　ひとりになるとつい考えちゃうだろ、昔の相手を。だから」

その問いに、私は首を縦に振ることで返事をした。里中さんは笑うと、「じゃあ帰ろうか」と伝票を持ち上げる。

「タクシー乗る？」

「いいえ。電車で帰ります」

時間的には電車が走っている時間だ。酔いもさめたし、乗って帰れそう。

「そう？」

彼は私の二の腕をつかむと、急に顔を寄せた。近すぎる距離にパニックになる。

まさか、キスされるの？

とっさにそう思ってしまって目をつむる。だけどそのうちにくすくすと笑う音が聞こえてきて目を開けた。

「うん。大丈夫そうだね。酒臭さも抜けてる」

「な！　これはコーヒーの匂いで消されてるだけです！」

ドキドキしたのに。からかわれたと思うと恥ずかしくて顔が熱くなる。

「もうっ、帰ります。お疲れさまでした」

「また明日ね。心配だから帰ったらメールくれる？」

「は、はい」

動悸がまだ治まらない心臓を押さえるようにしながら、改札をくぐる。

振り返ると彼が見ていた。立ち止まったまま、身じろぎもしないで。こんなふうに別れ際に見送られることなんて、私の今までの人生に一度でもあったかしら。

「……もっと飲んじゃえばよかった」

介抱してくれるというなら、してもらえばよかった。

あんな人に強気に迫られたら、絶対断れない。たとえ一夜限りでも、舞波さんを思い返すより幸せになれるような気がする。

「流されてしまえればよかったのに」

だけど、彼は酔った女の子には手を出さないだろう。それもなんとなく想像がついた。

優しいけれど、心を許してくれているわけじゃない。あの人の心を今も占めているのは、指輪の彼女だ。

「恋に……落ちたかったのに」

舞波さんを忘れられるなら、なんでもよかったのに。そう思ってしまう時点で、私は舞波さんを忘れていない。彼といると、そういうことにも気づいてしまう。不思議な人だ。

でも、確かにリハビリになるのかもしれない。

そして、こうして自分を知ることは決して悪いことじゃないと思えた。少なくとも、皆に素通りされて空気のような存在になるよりは。

第二章　忘れられない

今度は私から
【今家につきました。今日はごちそうさまでした】

【どういたしまして。今週末どっちか空いてる？　どこか行こうか】

昨日の夜、私と里中さんはそんなメールを交わした。

そして朝になり、出社した私は化粧室で鏡に映る自分とにらめっこしている。メールの返事はまだしていない。

「ふう」

久しぶりにしっかりとメイクをしてきたから、目もとの崩れが心配だ。目尻の伸びすぎたアイラインを軽く拭き取り、最後に口紅を引き直すと、鏡の中にむっとした表情の刈谷先輩が現れた。

「おはよ、菫」

「……刈谷先輩」

心臓が止まりそうになった。声が低くて、なんとなくすごみがあって怖い。

「昨日、里中くんアンタのとこ戻ったでしょ？　どうなったの」

「どうって。駅まで送ってもらって帰りました」

刈谷先輩はじっとりした目つきで私を見る。

「それだけ？」

「……それだけです」

嘘を見抜こうとしているのか、刈谷先輩の視線は鋭い。根負けした私は、うつむいて目をそらしてしまった。

「昨日、すみませんでした。私酔っちゃって」

「そうね。お詫びに今度は菫がおごってみたら、私と里中くんに」

「え？　あ、そ、そうですね」

いきなりなにを言いだすのだろう。戸惑いつつうなずけば、彼女はようやくにっこりと笑った。

「じゃあ頼むわよ。話つけといて」

「……はあ」

先ほどとは打って変わって明るい調子で消えていく刈谷先輩に、私は途方に暮れた。

そんな理由で、食事に誘うの？　しかも、また刈谷先輩まで一緒に？

すぐに断れない自分に嫌気がさす。

とぼとぼと自分のデスクに戻ると、そこには印刷待ちの大量の書類。刈谷先輩の字で『会議用　必要部数は三十部』と書かれていた。

どうしてこれが私の仕事なの？　新人なんてほかにもいるじゃない。

「菫、頼むわね」

「……はい」

刈谷さんに逆らうとこういうことになるのだと、暗に言われているようだ。

その日のお昼休み、刈谷先輩に『申し訳なさが残っているうちにさっさと誘ってきなさいよ』とせっつかれて、私は営業一課にやってきた。里中さんはいるかしら。

重い気分でフロア内を見渡してみるけれど、営業一課は相変わらず人がまばらだ。

残っている数名を順々にチェックしても、目当ての顔は見あたらなかった。仕方ない。メールで誘ってみるか。また刈谷先輩も交えるのは気が重いけど、結局、私は彼女には逆らえない。

この間、里中さんに引っ張りこまれた非常階段へ行き、階段に座る。お尻が冷たくて、思わず身を縮こませた。

【昨日は醜態さらしてしまってすみませんでした。お詫びといってはなんですが、今

度は私がごちそうしますので、お食事にでも行きませんか？】

「……刈谷先輩も一緒に」

入れなきゃいけない一文を口に出すと、じわりと涙が滲んできた。

どうして私はこんなに弱いのだろう。自分の言いたいことひとつちゃんと言えないなんて。こんなことをしたら里中さんに嫌われるとわかっているのに、振り切ることさえできない。

ひとしきり泣いたあと、私は文面の最後に【刈谷先輩も一緒に】と追加し、送信した。

「お願い。嫌いにならないで」

小さな願いは、誰もいない空間に消えていった。

その後、里中さんからのメールはない。

「ねぇ、菫。結局どうなったのよ」

「返事待ちです」

「今度から私も送信先に入れなさいよね。ホント気が利かない」

「……すみません」

なんでこんなに怒られてばっかりいるのだろう。私ってそんなにダメなのかな。

普段と同じ仕事をこなしているはずなのに、今日は一段と疲れた。肩のあたりが重たくて、ため息ばかりがこぼれでる。

「菫、悪いけどこれコピー取ってきて」

「はい」

私と刈谷先輩は、働く年数こそ違えど役職は同じだ。それなのに、どうしてこんなに小間使いのように扱われなくちゃならないの？

「五時からの会議で使うから早くね」

「わかってますってば！」

思わず強気の声が出た。言ってから、先輩の強い視線に気づいてうつむく。

「あらそう、じゃあ頼むわよ」

どうして負けちゃうの。言い返せばいいのに。『だったら自分でやればいいじゃないですか』って。言うべき言葉もちゃんと心の中にあるのに。

大量のコピーをすませ資料を綴じ終えて、刈谷先輩のデスクに置いた。自分のデスクに戻ってみると、置いていた携帯にメールが届いている。それが里中さんからだと気づいて、私はとっさに携帯を隠した。

刈谷先輩に見つかりたくない。

化粧ポーチに携帯を入れて、トイレへと向かった。

【ふたりきりで会うのは嫌？】

たった一行のメールだった。そこに妙にそっけなさを感じて焦る。誤解されているのだろうか。そのことが一番気になった。

【そういう意味ではなく、昨日先輩にもご迷惑をおかけしてしまったので】

そう書いて、送り返す。

里中さんは今どこにいるのだろう。メールを書く余裕があるくらいだから、社内に戻っているのかしら。

再びメールが届いたので、あわてて確認する。

【じゃあそっちは個別で誘えば。俺は遠慮するよ】

冷たい言葉に、気持ちがズンと沈んだ。

「……見限られたかな」

ポツリ、呟く。助けてもらえるかもなんて、思うほうが図々しい。

泣きたい気持ちを堪えてトイレから出ると、人事総務部の入口の近くに背の高い男性社員の姿を見つけて目を疑う。里中さんだ。

私が一歩踏みだすと同時に、彼は無表情のまま近づいてくる。どうしたらいいのかわからなくて、私はうつむいて立ち止まった。

「塚本さん」

「は、はい」

里中さんの声はいつもより硬い。それでも、無視するほど怒ってはいないとわかり、ホッとする。

「俺の返事を先にもらいたいんだけどね」

「は？」

「昨晩したでしょ。メール。順番守るのも社会人のルールじゃない？」

「あの」

だから、今回の誘いはあの返事のつもりで書いたのに。

「俺はあのメール、ふたりきりでっていうつもりで書いたけど？」

畳みかけるように、彼の言葉が降ってくる。

「……週末なんてどちらも空いてます。でも、私が一緒にいても、きっと里中さんを楽しませることはできません」

「どうして俺が楽しむか楽しまないかを君が決めるの？　リハビリって言ったじゃん。別に無理に楽しもうなんて思ってないよ？」

「でも」

煮え切らない自分がひどく嫌になる。

里中さんといるのは楽しい。特別な気分になれるし、一緒にいる間は舞波さんのことを思い出さなくてすむ。このまま一緒にいたら、本気で好きになってしまうかもしれない。

だけど、里中さんを好きになるということは、刈谷先輩を敵にまわすということだ。この部署でやっていくのに、それはきつすぎる。

私がずっとうつむいていると、頭の上からため息が落ちてくる。顔を上げると、里中さんのネクタイがすぐ近くに見えた。

いつの間にか距離が近い。とても会社で人がすれ違う距離ではない。

「じゃあこう言えばいいかな？　あの誘いを断るなら、俺もさっきの誘いは断る」

「え？」

「どうせ困ってるんでしょ？　刈谷さんから俺も誘えって言われて」

図星を指されて言葉が出なくなる。私と先輩の関係が召し使いと女王のそれと同じことを、彼はこの数日ですっかり見抜いてしまっているらしい。

「週末に色々相談にのってあげられるけど?」

「……はい」

半分脅しのような誘いに、素直にうなずく。彼が私の方向性を決めてくれたことに、心底感謝しながら。

「じゃあ、またメールするから」

ポンと肩を叩かれただけで、心臓が飛びだしそう。

恋に落ちてしまいそうな自分には、どうやったらストップをかけられるのだろう。

秘密の始まり

会議が長引いているのか、刈谷先輩は終業時刻になってもデスクに戻ってはこなかった。私はこれ幸いと早々に帰ることにする。

最近の刈谷先輩からの威圧は強すぎて、一緒にいるだけで疲れてしまう。

「お先に失礼します」

部署の数人に挨拶をして部屋を出ると、すぐにエレベーターに乗った。何回か止まるうち、あっという間にぎゅうぎゅうになり、私は奥のほうへと詰めこまれる。

混雑に息苦しさを感じはじめるころ、ようやくエレベーターが一階についた。吐きだされるように出て行く人たちに、ボケッとしていた私は置いていかれそうになり、そのうちに今度は上に向かう人たちが乗りこんでくる。

「す、すみません」

遅れて出てくる私に、周囲の人からの迷惑そうな視線が刺さる。

またやってしまった。どうして私はこうどんくさいのだろう。頭を何度も下げながらエレベーターから出て、大きなため息をひとつつく。

「お疲れさま」

頭上から聞こえる低い声に顔を上げると、意外な人物が私を見下ろしていた。

「……里中さん？」

「見てた。だいぶお疲れのようだね。ちゃんと飯食わないと」

「なっ、食べてますよ！」

「へぇ？　終業時間になったばかりだけど？　いつ食べたの？」

あっさりと揚げ足を取られる。ふたりきりのときの里中さんが妙に意地悪な感じがするのは、気のせいかしら。

「これからです」

「だよね。近くで一緒に食べない？　俺、まだ仕事あるからひと休みしたいところなんだけど」

「え？　でも」

会社の近くでなんて、もし刈谷先輩に見つかったらと思うと落ちつかない。

「今日は俺、和食がいいなぁ」

でも、里中さんはもうお店検索に入っているようで、私の頭ひとつ分くらい上を見てブツブツ言っている。

「出かけるのは週末じゃなかったんですか」

「今から行くのは食事じゃん。どうせ塚本さんだって食べなきゃいけないんだから一緒でしょ。お金のことなら、今日はおごってあげるよ」

「大丈夫です。割り勘にしてください」

おごってあげると言われるのは、なんだか庇護《ひご》されているようで嫌だった。ただでさえ、里中さんには泣いている姿ばかり見せている。弱いばかりじゃないと示したくて、強気で言った。

だけど、里中さんは怪訝《けげん》そうな表情を見せる。

「……なんですか？」

「嫌？　俺のまわりにはおごるよって言って断る女の子はあんまりいなかったなぁと思って」

思って？　だから、なに？　生意気だと思った？　それとも不思議だと思った？

それとも……少しは見直してくれた？

「じゃあ、今日は割り勘ね。週末もあるし。食事しながら予定決めようよ」

サラリと流されて、ホッとしたような残念なような。

私はどんな言葉が欲しかったんだろう、それもよくわからない。

結局里中さんオススメという定食屋さんに行き、彼は唐揚げ定食を、私は生姜焼き定食を頼んだ。

「じゃあ、週末は映画でいい？」

これは、ふたりきりで会っていることを刈谷先輩に見つかりたくない私からの案だ。映画なら室内だし、時間も稼げる。

「なにか観たいものは？」

「え？」

そう聞かれると焦る。最近の映画情報なんて知らないもの。

「自分で映画がいいって言うくらいだから観たいものがあるんじゃないの？」

「や、えっと、そっちは里中さんの好みに合わせます」

「俺に合わせるとアクション系になるよ？　平気？」

「へ、平気です」

本当は苦手だけど。その弱気は口には出さなかった。これ以上、情けないところを見せたくない。

そういえば、映画館に行くのなんてずいぶん久しぶりだ。

舞波さんと付き合っていたときは知り合いに見つかることにおびえていたから、外出なんてほとんどしなかった。部屋ですることといえば、体を重ねることばかり。それが愛されている証なのだと都合よく解釈して、普通のデートができないことも仕方ないと思いこんでいた。

改めて思い返すと、なんて現実離れした関係だったのだろう。気づかなかった自分の能天気さに恥ずかしくなる。

「じゃあ、刈谷さん交えての食事は来週の水曜で。そこなら予定空いているから」

ちらりと見ると、彼の手帳にはびっしり予定が書きこまれている。週末くらい休みたいんじゃないのかしら、なんてよけいな気遣いまで生まれてくるけど。

「なに？」

「いえ。お疲れかなって思って」

「なんで？　そんな風に見える？」

「いえ。予定、びっしりだから」

のぞき見してしまった申し訳なさで、声を小さくしながら手帳を指す。彼は特に気にしてないように笑った。

「見えた？　まあ、営業だからね。付き合いで色々あるでしょ」

でも、そんなに忙しいのに、本当に観たくもない映画になんか付き合わせていいのかしら、なんて思ってしまう。

「……にしようか」

「え？」

聞き取れずに顔を上げると、もう食べ終わった里中さんが微笑みながらお茶を飲んでいる。

「映画、やっぱり恋愛ものにしようか。リハビリ兼ねてだからさ」

「は、はい」

「俺もデートってずいぶん久しぶりだから。ちょっと緊張する」

里中さんはもてそうだから、そんなの絶対嘘って思うけど、その言葉自体には胸がときめく。デートなのか、私と彼のお出かけは。

恋がしたい。舞波さんを忘れられるような、嫌な女だった過去を捨てられるような綺麗な恋愛が。手を伸ばせば届きそうなところにあるそれに、私は手を伸ばせない。浮ついた気分になるたびに刈谷先輩の顔がちらついて、その感情に歯止めをかける。神様に罰を与えられているような気持ちになった。

日曜の約束は午後二時半。なのに、私は朝早くからクローゼットとにらめっこしている。

ただのリハビリデートなのだから、なんて言い聞かせてみても、心が浮き立つのを止められない。

かっこよくて、スマートで優しくて、たまに意地悪なときもあるけど一緒にいるとなんだか楽しい。こんな男の人と一緒にいられるっていうのは、やっぱり嬉しいもの。

とはいえ、付き合っているわけじゃないし、あんまり気合を入れすぎるのも変だ。誰かに見つかるような派手な格好もNG。スーツ……じゃ仕事みたいだし、もう少し砕けた格好でなにかないかな。

悩みだすと止まらない。気がついたらお昼を過ぎていて、あわてて近くにあった菓子パンを口に入れ、外出の準備をする。

結局無難そうなグレーのブラウスにラインが綺麗なスカートにした。念のため、薄手のカーディガンも一枚持っていこう。

出がけに口紅のチェックをする。うん。上手に塗れている。

舞波さんの結婚式で無理やりに作り上げた美しさよりは、今日の自分のほうが好きだと思う。なにより、単純に綺麗な自分になりたいって思えたことが嬉しかった。

「お待たせしました」

二時二十分。早めに来たつもりだったのに、里中さんはもう映画館の前で待っていた。

「早いですね」

「そっちこそ。女の子って遅れてくるほうが多いから、ちょっと意外だった」

「そうですか？　時間は気になるほうなんです」

「いいね。社会人って感じで。お陰で話す時間も増えるしね。さ、行こうか」

笑って、私の背中をポンと押す。

繁華街は人もたくさんで、ぼうっとしている私はよく人にぶつかりそうになるのだけれど、里中さんはエスコートもスマートだった。人波にのまれないようにさりげなく開けたほうに誘導してくれたり、ぶつかりそうなときは引っ張ってくれたりする。

「あのあと映画情報調べたんだけどさ。口コミ一番人気は【十年目の手紙】っていう泣ける恋愛映画。俺的にこっちかなって思うのはコメディ交じりの【プリティ・ハングリー】ってやつ。どっちがいい？」

泣ける映画と笑える映画か。終わったときに笑顔を見せられるのは……。

「コメディがいいです」

「そう。意見が合ったね。じゃあこっちにしよう」

すぐに里中さんは券を買い、ポップコーンや飲み物なんかを手早く決めていく。私はついていって、聞かれた好みに答えるだけでいい。

なんて楽チンなんだろう。彼といると。

「いい席空いていてよかったよ」

中央よりは右手寄りだけど、それでも字幕を見るのには問題ない位置だ。

その映画は、ぽっちゃりした大食漢の女の子が上司に恋をしてしまうお話。自分にも他人にも厳しい上司は、太っているなんて自己管理がなってないからだといって何度も主人公を怒鳴る。毎日泣かされている主人公はダイエットを一念発起。絶対痩せて、彼に告白するって意気ごむんだけど、なかなかうまくいかなくて。

その主人公がすごく可愛かった。

レストランのガラスケースに張りついて、物欲しそうな顔で食品サンプルを見たり。ひとつだけ……と手を出してしまったお菓子を、気づいたら袋ごと空にしてしまっていたり。うまくできない自分に何度も泣いて、でもまた頑張ろうとして。それを見ていた彼が、ついにダイエットの手伝いまでしはじめて。

結局彼女は痩せられなかったんだけど、彼は言うの。

『痩せられないって泣いてるお前より、デブでも笑ってるお前のほうがいいって気づいたんだから仕方ない』

ありのままを愛してもらえる主人公が単純に羨ましくて。とても楽しいコメディだったはずなのに、涙が浮かんできた。

ああ、いいな。こんな恋がしたい。

夢中になって画面を見ている私の左の手の甲を、里中さんの指がつんつんとつつく。なんだろうと思って横を見ると、ハンカチが差し出されていて、私は恥ずかしくなりながらそれを受け取った。

こんな恋がしたい。里中さんもそう思いますか？

私は、それをあなたとしたいと、心の奥底で思ってしまっている。

恋は、もう始まっているのかもしれない。

彼の帰国

【とても素敵な映画でした。一緒に観られて嬉しかったです】

【今度はドライブでも行こうか。空気のいいところでのびのびするのもたまにはどう?】

デートと呼んでいいのなら、里中さんとのデートの夜、ふたりで交わしたメール。

まるで本当の恋人同士のようだと、心が躍るのは私。

幸せ気分のまま眠りについたその深夜、メールの着信音に起こされた。

【久しぶりの日本はいいね。会えるのを楽しみにしています】

ふわふわした雲の上から、一気に引きずり下ろされたような感覚に陥る。

舞波さんからのメールだ。

心臓がドクドクと騒がしく音を立て、体にどんどん重みが加わる気がする。どうしてこんなメールをよこすの。私のこと、捨てたくせに。なんで今さら、こんなふうに揺さぶってくるの。

「結婚したくせに……」

自然に奥歯を噛みしめてしまう自分がいる。

舞波さんのことはもう考えたくない。振りまわされるのはたくさんだ。そう思うのに、愛されていたころの記憶が私の神経を刺す。腕に抱かれて眠った夜、愛をささやく彼の唇。思いだすと、体の芯がうずいてくる。

私は彼のことをどう思っているの？

自分の気持ちなのに、わからないことが多すぎる。


週明け、出社して一番に目に飛びこんできたのは、少し日焼けした肌にいつものスーツを着こんだ舞波さんだ。同じ職場で、彼のことを考えないで過ごすなど、そもそも無理な話なのだろう。

「やあ、塚本さん。結婚式に来てくれてありがとう。これお土産」

「あ、……ありがとうございます」

「早くしまって？　君のは特別だから」

最後の台詞《せりふ》は、耳もとでささやかれる。激しく鳴る心臓は、動揺しているせいなのか、嬉しいからなのかわからない。

「新婚旅行はいかがでしたか？」

カバンにお土産をしまいながら、世間話のつもりでそう続ける。

「うん。よかったよ。ただ俺は日本のほうが好きかな」

「そうですか」

「不在の間の引き継ぎをしようか。十時から会議室取ったから」

一瞬思考が止まる。舞波さんのメイン担当は採用関係だ。事務や雑務を請け負う私が引き継ぐようなことはそんなにないと思うのだけど。

「……私と、ですか？」

疑念をあらわにして尋ねると、舞波さんはクスリと笑って答える。

「いや、皆とだよ？」

その口調はさらりとしているから、深い意味はないのだろう。だったら、全員と引き継ぎをするということか。

納得したとたんに焦りが生じる。もしかしたら変な期待をしているように思われたかしら。

「じゃああとで」

舞波さんは私の肩をポンと叩いて、自分のデスクに戻っていく。

意味深なお土産はもらいつつも、メールのこともなにも言わなかったし、もしかしたら私が深読みしすぎただけなのかもしれない。悩むことなんてなかったかも、と一気に気が楽になってくる。

「菫ー。里中くんから連絡あったー？」

「あ、はい。水曜日の夜でって。大丈夫ですよね、刈谷先輩」

「用事あったたって空けるわよ。連絡ついたらすぐメールしてよね。ホントどんくさい」

「はあ、すみません」

刈谷先輩の嫌味も、今日はなんだか聞き流せる。舞波さんと話したことで、少し心に余裕が出てきたのかもしれない。


九時半に刈谷先輩が外出したときに、ちょっとおかしいなとは思っていた。すぐ戻るのかと思ったのに、三十分経っても戻ってこないし、人事総務部のほかの面々も自分の仕事に夢中になっている。

ちらりと舞波さんを見ると会議室を指されたので、彼がほかの人にも声をかけるのかと思って、私は先に入った。

「あれ？」

私が一番乗りだ。皆忙しいのなら、時間を変えたほうがいいんじゃないのかしら。

オロオロと突っ立っていると、会議室の扉が開き、すぐにパタンと閉じる音がした。

「お待たせ」

入ってきたのは舞波さんで、私に座るようにと促した。

「舞波さん。ほかの方は？」

パイプ椅子に腰かけながら、彼の表情をうかがう。なんだか、いつもより楽しそうだ。

「さっきちょっと話したら大体わかったから。塚本さんにだけなんだ。まだ聞けてないの」

舞波さんが、プライベートの顔を見せてにやりと笑う。

さっと血が引くような感覚が半分、なにが始まるのかとドキドキしてしまっている感覚が半分。動揺している自分の感情がどっちを向いているのかはわからない。

「でも私はそんなに」

あなたの仕事は受け持ってないですけど。

口をパクパクさせる私を、舞波さんは楽しそうに見る。一歩近づいてくる彼に、私は身じろぎをした。そうしたら笑いながらもっと近づいてくる。

「なんでそんなに警戒してるの。久しぶりに会った同僚に」

「け、警戒なんて」

「お土産、見てくれた？」

「まだです」

「そう。結構厳選したんだけどなぁ」

くすくす笑いながら、隣の席に座る。その距離の近さが気になり、私は座り直すようにして少しだけ離れた。

「指輪、会社じゃつけてないの？」

「え？」

頬杖を突いて、私の顔を正面からのぞくような仕草をする。

「……やっぱりあれはダミー？　だよね。菫には結婚間際の彼なんていなかった。それを一番よく知っているのは俺だ。まさか俺と別れてからの数ヶ月でそこまでの関係の男ができたわけじゃないだろ？」

ああ、結婚式のときにつけていた、ペリドットの指輪のことを言っているのか。

そう思いついたときには、薬指を撫でられていた。

「びっくりしたよ。菫があんなに綺麗になるなんて。一瞬誰が来た？って思って見惚《みと》れたよ」

「なにを……江里子のほうが。あなたの奥さんのほうがずっと綺麗です」

「江里子は大輪の花だよ。でもね、一緒にいて癒されない」

「そんなこと会社で言っていいんですか」

社内の会議室。確かに今はふたりきりだけれど、いつ誰が入ってきたっておかしくない。

「菫がメールに返事くれないから」

「既婚者からの変なメールに返信なんてできません」

「変なって失礼だなぁ。業務連絡だよ」

「どこが……っ」

舞波さんの指が、私のてのひらを何度もなぞっていく。それに動揺する自分が嫌だ。

……嫌なのに、動悸は激しくなる一方でちっとも治まりそうにない。

「菫がちゃんと電話に出てくれるなら、会社でこんなことはしないけど?」

「なんの話があるんですか。今さらっ……私のことを捨てたくせに」

「それを後悔してるからさ」

舞波さんの手が、先ほどまでとは一変して、強い力で私の手首をつかんだ。心ごとつかまれたような感覚に、私の意識は一気にそこに引きこまれる。

「やっぱり菫といるときが一番落ちつくってわかった」

「離してください。そんなこと今さら……」

言われたってどうにもならない。

新婚旅行から帰ってきたばかりでしょう？　江里子と別れる気もないくせに、簡単に心を動かすようなこと言わないで。

「……菫も寂しいんじゃないのか？」

「え？」

「彼氏ができたなんて嘘だ。そんな嘘ついてまで結婚式にあんなに着飾ってきたのは、見せつけるためだろう、俺に」

「……それは」

「そして、俺は魅《み》せられた。菫のせいだよ。あんなに綺麗な姿を見せるんだ。俺は花嫁より君のほうばかり見てしまった」

彼の手があごの線をなぞっていく。ゾクゾクとした感覚が私の体内を駆けめぐった。

「嘘つかないで」

「本当だよ。手放したことを後悔した。もっとも、あの場ではどうにもできなかったけどね」

「これからだってどうにもできないじゃないですか。あなたは結婚したんですから」

「そんなことはないよ。すぐには無理だけどいつか……。菫さえその気なら俺だって本気で考える。しばらくはつらい思いをさせるけど」

「やめて」

舞波さんの甘い言葉が、頭の中で理性に繋がるコードを切っていく。

ああダメだ。彼といると、私は本能ばかりに反応するダメな女になってしまう。息がかかるほど近くに彼の顔があると思うだけで、心臓が激しく鼓動し、顔も熱くなって視界が潤んでくる。

なにしてるの、私。打ち合わせをするだけだったはずなのに、どうしてこんなことになっているの。

舞波さんはそんな私を見て、クスリと笑った。

「泣きそう。可愛いな、菫」

「からかわないでください。私……」

「また電話する。今度は出てくれるよな?」

「……知りません」

「菫は出るよ。俺に従順なあのころのままだ。十分ほどしてから出ておいで。涙目だ」

彼は私の頬にキスをすると、なにもなかったように立ち上がり、会議室から出て行った。

気配が消えて、ようやく体が自由になる。同時に涙がひと粒落ちた。

間近に来られて心が震えた。彼の持つ香りが蜜月の記憶を呼び戻して、私の気持ちをかき乱す。

彼は私を物のように捨てたり拾ったりしているだけだ。それこそ、自分の都合のいいように。別れてそれがわかったはずなのに、私はまだこんなに動揺してしまう。

理性では突っぱねるべきだとわかっている。だけど、私といると落ちつくという彼の言葉を信じたい自分もいる。それは、私が彼を忘れていないからだ。

ふれられたのは手と頬だけなのに、お腹のあたりにむず痒《がゆ》いような感覚が残って全身を刺激する。心だけじゃない。体も、まだ彼に愛された日々を覚えている。

「どうして？」

両腕で、自分の体を抱きしめる。どうして、体も心も、理性の思い通りにはならないのだろう。

プレゼント

【明日、久しぶりに皆で一緒にランチ食べない？】

江里子からのメールを見て、私は一瞬思考が止まった。

最初に感じたのは気まずさだ。どうして私を誘うの？

だけど落ちついて考えてみれば、新婚旅行から戻ってすぐに同期をランチに誘うというのは、別におかしなことでもない。特に私と親しいわけではないけれど、数人でランチをともにすることは以前からあった。私が普段お弁当だからと、前日に携帯に連絡をくれるのもいつものことだ。

結局、気まずさは自分自身の心の中にひそんでいるものなのだろう。

【いいよ。じゃあお昼にロビーで】

なんてことない返事をして、新婚旅行の話を聞くべきだったたか、と会話力のない自分を嘆く。いつも終わってから『しまった』と思うのが自分の嫌なところだ。

満員電車に揺られて、ひとり暮らしのアパートに帰りつく。食事をしなければ体がもたないけれど、作る気力も起こらない。

のろのろと着替え、冷凍してあるご飯を解凍してお茶漬けにした。こんな食生活じゃダメだとは思うけれど、だからといって今から買い物に行く気にはなれない。

投げだしたカバンから顔をのぞかせているのは、舞波さんのお土産だ。開けてみると、そこにはデザイナーズブランドのおしゃれな腕時計が入っていた。結構高価なものだろう。

これを、舞波さんは私のために選んだの？

社会人として腕時計は毎日身につける。そういう点ではアクセサリーよりも重要だけれど、アクセサリーよりも目立たない。

これなら江里子にバレないと思って？　そんなふうに勘ぐってしまうのは、私の心がねじ曲がっているから？

華奢なつくりのそれはブレスレットのようなデザインで、つけるととても華やいだ。

これをどんな気持ちで選んだの？　江里子に見つからないようにどうやって買ったの？　それだけ私のこと思ってくれていたの？

期待が膨らむと同時に昼間の感触を思い出し、体が疼く。彼との甘い日々の記憶が、次から次へとよみがえってきた。早く別の、もっと素敵な記憶で上書きしたいのに、それを上まわるものが私にはまだない。

腕時計をはずして、テーブルに置く。そして記憶を吹っ切るように、シャワーを浴びに浴室へ向かった。

翌日、存在感たっぷりのその腕時計を、私はカバンに入れて出社した。

返すべきなのだろうと思うけど、それも自意識過剰？　お土産って言われて渡されて、突き返すのは失礼な気もする。だけど同僚に贈るものにしては高額なところが悩ましい。

会社まであと少しというところで、江里子の姿を見つけた。新婚旅行から戻ってはじめて会う彼女は、相変わらずおしゃれで綺麗だ。ゆるくパーマをかけた胸もとまでの髪は、きちんと整えられていて艶があり、ワンピーススーツから伸びた足は細く華奢だけど、足取りはしっかりしていて自立した女性であると印象づける。

舞波さんは結構日に焼けていたのに、江里子は全然焼けていない。透けるように白い肌は、いつだって江里子の自慢だったものね。

一緒に歩いているのは同期の矢田部久実《やたべくみ》ちゃんだ。江里子とランチを一緒にするときは、よく彼女もついてくる。江里子を持ち上げるのが上手な彼女が一緒にいると江里子の機嫌がいいから、いつも助かっている。

やがてふたりが一階のコンビニに入ったので、私も追いかけた。声をかけようか迷いつつ店内をキョロキョロと探すと、私の名前を含んだ会話が聞こえてきた。

「へぇ、菫も誘ったの？」

「うん。お土産も渡したいしぃ」

「菫には旦那さまから渡してもらえばいいじゃん。同じ部署でしょ」

どうやらふたりは棚の向こう側にいるらしい。店員さんの声にまぎれてところどころ聞き取れないけど、話の概要はつかめる程度の音量で話している。

「うん、でもぉ。なんか嫌なんだもん。徹生、結婚式のときもやたらと菫のこと気にしてたし」

「なに言ってるのよ、新婚早々。大丈夫よ。舞波さん、アンタにぞっこんじゃん」

「そんなことないよ。たまに怒るし。旅行中も別行動多かったし。私の買い物、付き合いきれないって」

「それにしたって、相手が菫なら大丈夫でしょ。地味だもん。確かに式のときはあたしもすげー化《ば》けたって思ったけど。あれからまた地味子に戻ってるもん。心配することないって」

「そうかなぁ。でも一応ね。見せつける意味でも今日のランチは重要。頼むね、久実」

「ハイハイ、任せときなって」

会話の一部始終を聞いて、いたたまれなくなった。とにかく、見つかるのはまずい。私はレジとは反対方向のトイレに入った。しばらく……あのふたりが出るまではここにいよう。

トイレのドアにもたれかかりながら、ざわつく胸を押さえる。

江里子が、なんとなくでも舞波さんと私の関係に感づいていることにも驚いたけど、このざわつきは質が違う。

——ナンデ、江里子ヤ久実ニ、コンナフウニ言ワレナキャナラナイノ。

女としてのプライドが刺激される。

同期に、ここまでバカにされるほど自分は落ちぶれていない。そんなふうにも思う。

ああ里中さん。私はやっぱり、真面目でも貞淑でもないです。あんなふうに言う江里子を見返してやりたい欲求が湧いてくるもの。

カバンの中から、腕時計を取り出す。

あなたの旦那さんは、あなたとの新婚旅行中、私のためにこんなものを選んでいたのよ？

それを自分の心の中だけでも誇示したくて、私は腕時計を左腕にはめた。

三分ほど経ってからトイレを出ると、すでにふたりの姿はなかった。私はホッとして、ガムだけ買うとコンビニを出た。

エレベーターを上がり、昨日からご機嫌な刈谷先輩と出会って挨拶をする。

「あら、菫。その腕時計素敵ね」

「ええ。いただき物なんです」

笑って返事をしつつ、居心地の悪い思いでいっぱいになる。

さっきは勢いでつけてしまったけれど、人に言われると気になる。見せつけるためだけにしているなんて、やっぱり性格が悪すぎるんじゃないかしら。

でも、今はずすのは不自然だ。

仕方なくそのまま刈谷先輩と一緒に人事総務部に入った。

「おはよう。刈谷さん、塚本さん」

「おはよう、舞波くん早いのねー」

「……おはようございます」

舞波さんの目が、私の左腕を確認してにこりと笑う。その瞬間、やっぱりつけてはいけなかったのだと思った。

始業時間になり、業務の合間に資料室に入った。ここでこっそり腕時計をはずそうと留め具に手をかけたところで、江里子と久実の会話を思いだす。悔しさに歯噛みしている自分にため息をついたとき、資料室の扉が開いた。

ここは滅多に人が来ないのに、とあわてて振り向くと、そこにいたのは舞波さんだった。

「……舞波さん。どうかしましたか」

「資料を見に来た」

「じゃあ、私は出ますね」

「いいよ。君もなにか探してたんでしょ？」

すれ違う瞬間に、左腕をつかまれる。ブレスレットのような時計が、カチャリと鳴った。

「つけてくれたのは、了承の意味？」

「違います」

「そう？　俺は嬉しかったけど。やっぱり似合うよ。菫はもっと自分を磨いたほうがいい。あんなに綺麗になれるんだから。……ああでも、それは俺の前だけでもいいかな」

じりじりと奥へと押されながら、ささやかれるのは甘い言葉。いつの間にか隅にまで追いつめられていて、私の背中がぶつかった棚が軽く揺れた。

「俺だけに綺麗な菫を見せてよ」

耳もとでささやかれると、さざ波に似た快感が全身を伝っていく。ダメ、舞波さんは他人の夫。理性で必死に自分を押しとどめる。

「違います。これをつけたのはただ」

「ただ?」

「その……あまりにも素敵だったので」

「そう。気に入ってくれて嬉しいよ」

ふと、視界に影が差した。それは舞波さんがかがんだからで。気を取られているうちに唇が塞がれる。

「……ふっ、むっ」

声を出すこともままならない。

彼の舌が下唇をなぞったあと、歯列をなぞる。そして自由に私の口内を犯しはじめた。

深く激しいキスに力が抜けてきて、私は膝から崩れそうになった。それを支えるように、舞波さんが唇を塞いだまま私を抱きしめる。

キィ、と扉の開く音が聞こえた気がして、私は彼の体を押した。だけど、舞波さんは全く気づかないようで力ずくで私を押さえこんでいる。舌で押し返すようにして彼の唇から逃れ、荒い呼吸で告げる。

「……っつ、今、はぁ、誰か」

「え？」

舞波さんはあわてて扉のほうを振り返った。視界が広がったので私も確認するけど、そこには誰もいない。

「誰もいないぞ。菫」

「でも、扉が開いたような音が……」

「一瞬なら俺たちがなにをしていたかなんてわからないよ。お互い資料を探して近くにいた、……それだけだ」

「それだけで、あなたはキスをするんですか」

「もちろん建前だよ。また今度電話する」

襟もとを軽く直して、舞波さんは出て行く。私はそのまま、冷たい床に座りこんだ。キスしてしまった唇を指でなぞる。先ほどまでの感覚が脳裏によみがえって全身を熱くした。

忘れたいと思っているのに、嬉しいとも思う。いけないと思っているのに、彼の温かさが恋しい。

目じりにたまった涙を、化粧を崩さないようにハンカチでそっと押さえて拭く。

忘れたいのに……忘れられない。

ランチで警告

昼休憩の時間になり、席を立つのと同時に刈谷先輩に呼びとめられた。

「菫、外に行くの？」

「ええ。今日は江里子たちとランチの約束をしているので」

普通に返したつもりだけど、刈谷先輩はどこかねっとりした視線を私にそそぎ続ける。

「ふうん、江里子と？」

「ええ。新婚旅行のお土産話を聞かせてもらうんです」

「へぇ。まあ楽しんできて」

「はあ」

なんだろう。すっきりしない言い方で、なんだか気持ち悪い。

資材部のほうが下の階にあるから、待ち合わせのロビーには彼女たちのほうが先に行っているかもしれない。待たせてたらダメだという思いから、私はやや駆け足でエレベーターに向かった。

案の定、ロビーではふたりの女性がお財布を片手に立ち話をしている。

「久しぶり！　菫」

私を見つけて、華やかな笑顔を見せる江里子と、ゆるく笑っている久実。友好的な態度は今までと変わらない。すごく好かれているとは思っていなかったけど、見下されているとも思っていなかった。ふたりがあんな本音を隠していたなんて、こんなふうに私を迎える表情からは想像もつかない。

「久しぶり。江里子、全然焼けてないね。舞波さんがすごく焼けてたから、江里子も真っ黒かなぁって思ってた」

「日焼け対策はばっちりしたもん。彼はそういうの無頓着だからね。まあ、そういうところが男らしくて素敵なんだけど」

「やだ、早速のろけるのやめてよ。ほら行こう、店混みだしちゃうよ。菫早く」

「うん」

あんな会話を聞いていなかったら、もっと素直に江里子との再会を喜べたのに。そういえば、時計もはずし忘れている。嫌だな、私も最低だ。時計で優越感を得ようだなんて一度でも思ってしまったのだから。

会社から数分のところにあるコーヒー店。軽食も出るので、女同士でのランチではよくここを使う。ちょうど混みだしたところだったけれど、なんとか最後のひとテーブルに滑りこむことができ、私たちは胸を撫で下ろしながらランチメニューをそれぞれ頼んだ。

「フランスだっけ？」

「うん。美術館とか見てきたー。すっごく素敵よ？　皆も新婚旅行はヨーロッパがオススメ」

「えー。あたしも早くプロポーズされたいなぁ。ひとり結婚すると焦るよー」

江里子と久実が楽しそうに話すのを見ながら、私はどう会話に入っていいかわからない。

「菫はもうすぐじゃないの？　披露宴のとき言ってたよね。結婚間近の彼がいるって」

「え？　……あ、ああうん」

そういえばそんな嘘もついたんだっけ。蒸し返されるたびに、自分が嫌になる。

「結婚式には呼んでね？」

「うん。……でも、もしかしたらなくなるかも」

「え？　ケンカでもしたの？」

「そんなとこ」

曖昧にごまかして笑う。いつか別れたことにしないと、話がおかしくなっちゃうんだわ。

「でね。これ、菫にお土産。美術館で買ったストラップなの。ごめんね、あんまりたいしたものじゃなくて」

「ううん。皆に買うの、大変でしょう？　ありがとう」

「徹生もこれがいいって言ってね、ほら、菫とは部署が一緒だから、どんなのがいいかなぁって相談したりして」

「そっか。嬉しい」

「普段の菫の持ち物の色ともそんなに違和感ないかなって」

そのストラップはとある絵画の一部を複製したもので、色合いといえば茶色が主の地味なものだ。暗に地味な女と言われたように思ってしまうのは気にしすぎなのかもしれないけれど、今は自虐的な考えにしかなれなかった。

「で、江里子。旅行の話聞かせてよ」

久実に促されて、江里子は色々なものを見せてくれた。

舞波さんとお揃いで買ったというお財布。ふたり仲睦まじそうに寄り添う写真。そこにいたのは、見るからに新婚ホヤホヤのふたりだ。

じゃない。
……なにが、菫といるときが一番落ちつく、よ。ちゃんと江里子と仲良くしている
そのうち料理が運ばれてきて、会話が一瞬途切れる。舞波さんと江里子の話を聞い
ているのが苦しくなってきた私はホッとしたけれど、久美が再び話題を戻した。
「ところでどうなの？　夫としての舞波さんは」
「えー？　そうだなぁ」
江里子が嬉しそうに頬を染め、のろけ交じりに話す。彼女の口から飛びでる舞波さ
んは、妻思いのいい旦那さまだ。私に見せる姿とは違う。
どっちが本当なの？　私はなにを信じればいい？
「いいなー。あたしも早く結婚したい」
久実のそのひと言で、会話は終わりになった。
舞波さんが私に告げた言葉は、みんな嘘だったのだろうか。私の心の奥底でずっと
消えずにいた優しい舞波さんの姿が、少しずつ壊れていくような気がした。
彼の言葉は嘘だったと思うのが、一番いいのかもしれない。舞波さんは江里子の旦
那さまだもの。浮気なんてしちゃいけない。
……だから別れたんでしょ？　私たち。

食事を終えて会社に戻る間、江里子は行きよりもずっと上機嫌だった。この機嫌の良し悪しがまわりにすぐ伝わってしまうところが、江里子の長所であり短所なのだろう。機嫌のいいときはいいのだけど、自分が機嫌を損ねるようなことをしてしまった場合には最悪だ。

舞波さんも、こういうところに辟易《へきえき》してあのメールを書いたのかしら。

「あら、菫。なに食べに行ってきたの？」

刈谷先輩も昼休みでリフレッシュしたのか、先ほどよりは機嫌がよさそうに見える。よかった。今日は午後から一緒に帳簿作成をすることになっているから、そのほうが助かるもの。

一度、デスクに戻ってメールのチェックをした。事務手続きの問い合わせにまぎれて、舞波さんからのメールもある。

【手伝ってほしい仕事があるので、手が空いたらよろしくお願いします】

これは本当の仕事？　それとも誘い？

顔を上げると斜め向かいの席の舞波さんと目が合う。彼はにこりと笑うと、ディスプレイに視線を戻した。

……会社のメールによこされるものは仕事であると判断するべきだろう。

【わかりました。午後の仕事が一段落ついたらお手伝いします】

そんな返事を送信してから、書類をそろえて刈谷先輩のもとへと向かった。


会議室の一室で、ふたりで帳簿を照らし合わせ確認していく。

うちの会社では、金銭関係の帳簿はふたりでチェックをすることになっている。刈谷先輩は数字に強いので、会計処理の仕事をよく任されているようだ。

「うん、いいかな。……お疲れ、菫。ちょっと休憩しましょう」

「ええ。コーヒーでも入れてきましょうか」

「そうね。お願い」

会議室を出て給湯室へ向かう途中、人事総務部の入口でキョロキョロしている里中さんを見つけた。彼は私に気づくと軽く手を上げ、自然に微笑んでくれた。

「やあ、塚本さん」

「お疲れさまです、里中さん」

「人事部長いる？」

「部長ですか？　えっと、昼から会議に出ていて……」

私は行き先が書いてあるホワイトボードを確認した。すると、里中さんものぞきこむようにして近づいてくる。距離が近くなるとドキドキしてしまう。舞波さんが隣にいるときも似たような気持ちになるけれど、それよりもっと、温かい高揚感だ。なんだろう、安心するような？

舞波さんとヨリを戻すより、彼みたいな人と新しく恋ができたらいいのに。たとえ刈谷先輩と気まずくなっても……。

「……菫っ！」

切り裂くような声に、私ははっとして顔を上げる。

「遅いからって来てみたら、なにを油売っているのよ」

会議室の扉から、刈谷先輩が睨《にら》んでいる。

「あ、すみません。すぐ行きます」

「ごめん、刈谷さん。俺が部長の場所聞いていたんだ」

すぐに里中さんがフォローを入れてくれるものの、これは彼女のいらだちに油をそそぐことにしかならない。

「あの、四時には会議が終わりますので、またそのころ来てください」

「うん。悪かったね」

里中さんが去ってから、私は急いでコーヒーを入れて持っていく。

「すみません、刈谷先輩。お待たせしました」

「ホント遅い。ああいうときは私を呼んで、菫はコーヒー入れにいけばいいじゃない」

「でも、たまたま通りすがりに聞かれただけです」

反論の言葉は尻すぼみになる。刈谷先輩がいらだっているときは本当に怖い。やっぱり無理。刈谷先輩を敵にまわす度胸は私にはない。

刈谷先輩はコーヒーをひと口飲んで、私の耳もとに口を近づける。コーヒーの香りが鼻先をかすめた。

「……私、知ってるのよ？」

脅しのようなひと言の意味がわからず、私は刈谷先輩をみつめ返した。

「え？」

「しらばっくれちゃう？　大人しい顔してやるのね、菫って」

「あ、あの」

胸の奥がざわついてくる。刈谷先輩は、なにを知っているの？

まさか、まさか、まさか——。

「資料室でキスしていたわよね。舞波くんと」

心臓をわしづかみにされたような衝撃に、息をすることさえ忘れてしまいそうだった。

一瞬口ごもって目をそらしてから、すぐに後悔した。しらばっくれなきゃいけないのに。あのとき、入口からの角度なら、体の大きな舞波さんの背中と私の足しか見えないはずだ。

ごまかす気ならごまかせた。だけど、私の反応は彼女の言葉を肯定してしまった。

刈谷先輩は、ちょっとしたボロも見逃さないようにしっかりと私を見つめている。

「江里子とは友達なのに……ねぇ」

「……あの、刈谷先輩」

刈谷先輩は、この場には似合わないほどにっこりと笑って、私の耳もとでささやいた。

「黙っていてあげるわよ、もちろん。こんなこと知られたらただじゃすまないものねぇ」

「あの」

「だから菫も私に協力するよね」

口にたまった生唾を飲みこもうとして、喉につかえる。私の弱みを握ったと知った彼女の顔は、どうしてこんなに嬉しそうなの。

「明日の里中くんとの食事。ドタキャンして」

私の返事を聞く前に、刈谷先輩は会議室を出て行った。

動揺なのか焦りなのか、冷や汗が体から湧きでる。「はあ、ふう」と声に出して呼吸をすることで、ようやく唾が喉を通っていった。

「どうしよう」

誤解だって言う？　でも完全な誤解じゃない。少なくとも今までに、否定できない関係はあった。

刈谷先輩が私たちを見る目は、もう変わってしまっただろう。そうであれば、ちょっとしたことですぐ勘ぐられる。

どうすればいいの。

焦りだけが湧き上がって、いても立ってもいられない。もしこの先、私が里中さんを好きになったと告げたら、刈谷先輩は間違いなくこのことを彼に伝えるだろう。そうしたら私は、彼に軽蔑されてしまう。

「……どうしよう」

泣きたくなっても、誰も助けてはくれない。

どうして相手のいる人と付き合ってしまったのだろう。今になってそんな後悔をしても遅いのに。

誘いと拒絶

【仕事終わりました。手伝いは何時からがいいですか?】

【四時から『会議室三』で】

口に出せばすぐにすむそのやり取りを、メールでしてしまったのはなぜだったのだろう。

このとき私は動揺していて、舞波さんと普通の顔をして話す自信がなかったっていうのもある。そしてそれ以上に、舞波さんとのやり取りを刈谷先輩に見られたくなかった。

でもよくよく考えると、そんなことまでメールでやり取りするほうが、よっぽど意味深だったかもしれない。

会議室の前で深呼吸する。変に緊張するのはおかしい。仕事だもの、自然にしないと。

ちゃんと腕時計もはずした。これで彼への拒絶のアピールくらいにはなるだろう。

「失礼します」

「やあ、待ってたよ」

舞波さんはパイプ椅子に腰かけて手に持った資料を眺めていた。彼の前の長机にはたくさんの用紙が山積みになっている。

真面目な顔をしているときの彼はとても端整で、惹きつけられる。昔から、彼の仕事をしている姿を見るのがとても好きだった。

「あの、お手伝いって」

「郵送の準備を手伝ってほしい。そこの資料を一部ずつ封筒に入れて、宛名ラベルを貼る。……わかるよね？」

「はい」

よかった。本当に仕事の用件だったんだ。安心して早速仕事に取りかかる。

やっているのは単純作業で、私が封筒に入れるところまでやり、舞波さんが封をしてラベルを貼るというもの。時折、渡す際に手がふれて、いちいち心臓が騒ぐ。それが『ドキリ』なのか『ギクリ』なのか、自分でも判別できないほどあやふやだ。

かかった時間は四十分ほど。意外と量があったので大変だった。

「ありがとう。助かったよ。ちょっと休憩しようか、おごるよ」

「いいですよ、そんな」

「いいから」

ちょっと待ってて、と彼は一度会議室を出て、缶コーヒーをふたつ持って入ってきた。

「はい」

「ありがとうございます」

「なんではずしたの？　似合ってたのに」

言われたのは時計のことだとすぐにわかった。

「……誤解をされるといけないと思って」

「腕時計はつけてないと役に立たないよ？　気に入ったって言ってなかった？」

舞波さんの指が私の手首を撫ではじめ、私は身をすくめて彼を見た。

指先の動きにいちいち反応する私に、彼はどんどん笑みを深くする。

どうしてそんな意地悪な目で見るの。私の反応を見ていて楽しいの？

恥ずかしさと悔しさで顔が熱くなってくる。

「へ、変なことするならもう戻ります。お仕事は終わりですよね？」

「今の顔で戻れるの？　明らかになにかあったような顔だけど？」

「……意地悪しないでください」

「菫はそういうところが可愛いな」

立ち上がりかけた私を、彼が肩を押さえて座らせる。涙目になっていそうで、顔が上げられない。追い打ちをかけるように、彼の息が耳もとにかかった。

「明日の夜、空いている？」

「空いていません」

「部屋に行っていい？」

私の話を聞いていないのだろうか。それとも、私の拒絶はそんなに力がないの？

「……ダメです。今日、江里子にお土産もらいました。舞波さん、ちゃんと江里子と仲良くやっているじゃないですか。……奥さんを大事にしてあげてください」

妻の名前に、彼は一瞬手をとめて、私の肩から長机の上に戻した。

「ああ、あのお土産ね。ストラップのやつだろ？　江里子は君を見くびっているよね。もっと可愛いのにしなよって言ったんだけど、菫にはこっちのほうが合うって言い張ってさ」

江里子の話と違う。

どっちが正しいのか、またあやふやになる。ダメよ。彼の言葉は信じないって決めたじゃないの。

「……女同士って結構どろどろしているんだな。江里子から同期の子の褒め言葉なんか聞いたことがない。菫はそんなこと言わないだろ?」

そんなことはない。言葉に出さないだけで、私だって心の中に色んな感情を持っている。

「菫は優しくて、周囲の和を乱すようなことは言わない。そんなところが日本人らしくて俺は好きだよ。本当は江里子より好きなんだ。だけどほら、わかるだろう? しばらくは出世のために別れられない」

「勝手なこと……」

「菫なら内緒にできるだろう? 今までだってそうだったんだから」

数ヶ月前の関係は、私だけの弱みじゃなかったはずなのに。どうして私だけがこんなふうに追いつめられるのだろう。

「私が言わないなんて、……どうして言い切れるの」

「それは俺が、君のことをよく知っているからだよ」

目線の高さにある彼の口もとが、上向きに弧を描く。見透かすような笑いに、反発心は失われていった。

……そうね。私はいつだって、あなたの望む通りにしていた。はっきりと意志を持てない私は、そんなふうに決められることで安心してもいた。それが悪いことでも、あなたが決めてくれたからそれでいいんだと理由をつけることができたから。

「菫だって自分が大事だろう？　大丈夫。前みたいにしてれば絶対バレない。数年我慢してくれればいいんだ」

数年なんて、呑気に待っていられない。それに、待っていたところで、本当に舞波さんが離婚してくれるとも思えない。

「どうせ、菫だってひとりは寂しいだろう？」

この言葉が、一番私の胸を突いた。

寂しい。ひとりで負け惜しみみたいに自分を磨いたところで、なにひとつ満たされなかった。誰かに愛されたい。大切にされたい。心も、体も。

「でも」

うなずきそうになる自分に待ったをかける。

舞波さんはもう、他人の夫だ。ただ寂しいだけですがりついていい人じゃない。

舞波さんは私の頬をさすったあと、すっと体を離す。

「なんで今さら躊躇《ちゅうちょ》する？」

今さら……？　舞波さんの感覚ではそうなの？

確かに浮気という観点で見れば一緒だけど、法律上の変化は大きいと思うのに。

「まあいいよ。俺が軽率だった。じゃあまたね」

彼は予想外なほどあっさりと書類をまとめ、会議室を出て行ってしまった。

取り残された私は、ひどく複雑な気分になる。

寂しい？　あっけない？　なんだろう、この感覚。拒絶したのは私のほうなのに、どうしてこんなに虚無感に襲われるの？

「……私も、行かなくちゃ」

立ち上がろうとして力が入らず、浮かしかけた腰を背もたれに戻す。

去っていく舞波さんの姿が、ずっと頭に残っている。

拒絶はしたけど、結局、私は彼に求められるのが嬉しかったのかもしれない。

両手を交差するようにして自分の体を抱きしめる。

「寂しい……」

それが本心だった。

その夜は、誰からもメールが来なかった。そんなの普通にあることなのに、なぜかこの日はそれが妙に気になった。

翌朝、昨日の夕食用に買ってきた唐揚げの残りと、スティックキュウリとミニトマト、それに冷凍食品のひじきの煮物を弁当箱に詰めこんだ。今の世の中は便利だ。冷凍食品を詰めただけでも立派なお弁当ができあがる。

舞波さんが部屋に来てくれていたときには、夕食もちゃんと作っていた。彼に美味しいって言われたら、とても嬉しくて。

「……やめやめ！」

思い出に顔を綻《ほころ》ばせるなんて悲しすぎる。

『俺が軽率だった』

……あんなふうに言うってことは、きっともう言い寄ってはこないだろう。

不倫は悪いことなのだからこれでいい。寂しいからって正しさとか倫理感とかをないがしろにしてはダメだ。

思い出を振り切るように家を出て、満員電車に揺られていく。

普通の毎日に戻ればいいだけだ。息苦しくなるほどの満員電車に乗り、代わり映えのしない誰にでもできそうな仕事をして、また混雑した電車に揺られて帰る、そんな生活に。

唇を噛み、前を見つめる。私の生活ってこんなに彩りのないものだったっけ。

心を許せる女友達もいない、実家の親にさえ滅多に電話しない。舞波さんとの恋愛を失った私には、本当になにもなかったんだ。


もうじき会社につくというあたりで、背中を叩かれた。

「おはよう」

明るく声をかけてきたのは、異常に露出度の高い刈谷先輩。今日は里中さんを交えて再び食事の約束をしている。

「先輩、スカート短くないですか？」

「バカね。今の流行だって。この間雑誌に書いてあったわよ」

「はあ」

それはどの年代に向けての流行なのかっていうのにも寄ると思う。

「それより、わかってるよね。理由はなんでもいいから。ちゃんとドタキャンするのよ。いい？　間際でよ」

「……はい」

ふたりきりだと知られたら断られる自信でもあるのか、間際で断れってどういうことなの。

忙しい中、私のために時間を割いてくれた里中さんに、ひどいことしなきゃいけないんだ。そのことが苦しくて、胸がじくじくと痛む。

「……ごめんなさい」

本人に言えない謝罪を口の中で呟く。

もう嫌われてしまうだろう。彼の眼差しが冷たさを帯びる瞬間を想像すると悲しくて、私はもう考えるのをやめた。感情のスイッチを切らないと、やってられそうにない。

ドタキャンの顛末《てんまつ》

【七時には仕事が終わりそう、ロビーで待ち合わせにしよう】

里中さんからのメールを確認したのは、定時間際。私はもう帰り支度をはじめたタイミングだった。

「刈谷先輩、七時にロビーだそうです」

「そう、わかったわ」

刈谷先輩は、そう言うと書類を出しはじめた。急ぎの仕事ではないだろうけど、残業して待つつもりだろうか。

「体調が悪いってことにしとくわね？　腹痛でいい？」

「……はい。里中さんには、メールしますから」

「そうね。もう少ししてから出してよ。三十分過ぎたあたりで」

そんな直前にするなんて失礼だ。そう思うけど、ちらちら舞波さんに視線を送る刈谷先輩を見ていると、もう逆らう気力がなくなってくる。

「見つからないように、先に帰ります」

荷物をまとめて、私は早々に会社を出た。

九月も下旬に入ってくると風は涼しくなってくる。半袖のブラウスから素肌が出ている部分を軽くさすってから、メールの文章を打ちこみはじめた。

【急な体調不良で帰ります。お金は刈谷先輩に渡しておいたのでふたりで楽しんできてください】

違和感はないよね。里中さんは勘がいいから、もしかしたら嘘を見抜かれてしまうかもしれないけど。

……そのときはきっと、嫌われるんだろう。

「あ、いけない」

いつもの勢いで、送信ボタンを押してしまった。

あわてて時間を確認すると六時十分。まだ早かったけれど、送ってしまったものは仕方がない。急いで電車に乗ろう。

駆け足で駅に向かう途中でメールの着信メロディが鳴る。立ち止まって確認すると、里中さんからの返信が来ていた。

【大丈夫？　食事は別な日にしよう】

どうしよう。それじゃあダメだ。刈谷先輩が納得しない。

道行く人が私を邪魔そうに押しのける。仕方なく道路脇によって、返信文を考えた。

【私のせいで変更なんて申し訳ないです。刈谷先輩も楽しみにしているので、ふたりで行ってきてください】

これでどうだろう。わざとらしくない？

返信ボタンを押したあと、しばらく画面を見つめ続ける。省電力モードになり画面が黒く変わった瞬間、変な虚しさを感じた。

なにをやっているのだろう、私。そんなに刈谷先輩が怖い？　自分のやりたくもないことに、どうしてこんなに必死にならなきゃいけないの。

すると、今度は電話がかかってきた。

画面に表示された名前は里中さん。この状況で出ないのは変だ。

「……もしもし、塚本です」

『里中です。具合はどう？』

まず体調を確認してくれたことが嬉しくて、胸のあたりが温かくなる。

「だ、大丈夫です。あ、違う。ちょっとお腹が痛くて、食事は無理かなって」

『俺から刈谷さんに断りを入れておくよ。おごるって言ってる人が来ないのに食事になんか、いけないでしょ』

「でも……」

そうじゃないの。行ってくれないと刈谷先輩が、なにするかわからない。

『ホントに腹痛?』

「ホントです」

『また刈谷さんに脅されたりしてない?』

「ちが……」

「でも元気そうに見えるけど?」

最後の言葉は、間近で聞こえた。

振り向くと、少し息の上がった里中さんがいる。私の顔を見て、おもむろに携帯を見せて電話を切った。私は驚いた顔を戻すことができない。

「……ど、して」

「大体想像つくでしょ。こんな怪しいドタキャン。すぐ追いかければ駅までにつかまえられるかと思って急いできた」

「でも」

「俺は断るよ。刈谷さんとふたりきりで出かけたくない」

「でも」

そうしたら舞波さんとのことをバラされて、里中さんに嫌われる。そんなのは嫌だ。

私は必死になって彼に頭を下げた。

「お願いします。今日だけ。もう二度とこんなふうに騙したりしないから」

彼は私をまじまじと見ると、ため息をひとつついた。

「なんでそんなに必死？」

「それは……」

「俺に刈谷さんと付き合ってほしいの？」

おでこがくっつくのではないかと思うほどの距離で、彼が私をのぞきこむ。かあっと頭に血が上った気がして、思いっきり目をそらした。

「違います」

「そうだよね。俺も頼まれてもそれはちょっと困る」

「だけど……」

言えない。あなたに知られたくないです。あんなふうに泣いて忘れようとした不実の恋を、まだくすぶらせているなんて。

「お願いしてくれるなら、行ってもいいよ。ただ、今後の誘いは断るって前提で、だけどね」

「……え」

「困ってるんでしょ？　君は顔に出るからすぐわかる。同じ部署だからやりにくいのはわかるけど、はっきり言わないと、この先ずっと刈谷さんの言いなりになるよ？」

それは、もうなっている。どうしたら戻せるのかもわからない。

「……私、どうしたらいいんでしょう」

「さあ。俺はそっちの仕事はわからないからなんとも言えないけど。別に刈谷さんは人事権を持ってるわけじゃないんだし、そこまでビクビクすることないんじゃない？」

「でも」

「強くなれば？」

さらりと言われたそのひと言は、簡単なようで難しい。強くなりたいけど、どうすれば強くなれるって言うの。

うつむいて黙ってしまった私に、頭上から降ってくるのはため息だ。

「とりあえず今日はお願いしてくれない？」

「なにをですか？」

「刈谷さんのこと、なんとかしてって」

「私が……ですか？」

「だって困ってるのは君でしょ？」

確かに……そうかな。

里中さんと話していると、意外な方向に会話が持っていかれるような気がする。

「……お願いします」

「うん。なにを？」

わかっているくせに。なんでわざわざ言わせるの？

「刈谷先輩……と、食事に行ってください」

「うん。もうひと言欲しいかな」

「え？」

これ以上なにを？

オロオロして彼を見つめると、彼も私をじっと見て、楽しそうに笑った。

「俺が行きたくもない食事に行くのは誰のため？」

「え？」

それは……。

「私のため……ですか？」

「そう。だからさ、そういうお願いをしてよ」

そういうって、どう言えばいいの。

思いついたのはものすごく恥ずかしい言葉で、伝えるのを躊躇してしまう。

だけど、里中さんに引く様子は少しもなくて、私は涙目になりながら、小さな声で言った。

「わ、私のために、お願いします」

次の瞬間、里中さんは満足そうにっこりと笑う。

「うん。その言葉が聞きたかった」

顔に血が上っていくのがわかる。里中さんって、人からお願いされるのが好きなのかしら。

「でもこれで最後ね」

「え？」

「恋愛をもう一度はじめるなら、君のようなタイプがいいんだよね、俺」

「は？」

思わず、口を開けたまま呆けてしまった。なに言っているの、里中さんは。

彼はにやりと笑うと、私の頭をくしゃくしゃとさわる。

「この貸しは大きいからね」

「あのっ」

里中さんは背を向けて、小走りに戻っていく。

どうしよう、ドキドキしている。その背中を見ているだけで、泣きたくなる。

気持ちって、育てるとか育てないとか、頭で考えても仕方ないものなのかもしれない。ダメだと心に決めたところで、たった数分の会話で、あっという間に里中さんに惹きつけられていく。

たぶん、もう恋に落ちている。気持ちはずっと先へ進んでいるのに、私がスタート地点に立つ決意を固められずにいるだけだ。

刈谷先輩が怖いから。そして、舞波さんを断ち切る勇気が持てないから。

帰りの電車に揺られながら、景色を眺める。なんの変哲もない都会の町並みは、特に癒されるなにかがあるわけでもない。そして頭をめぐるのは、食事をしている里中さんと刈谷先輩の姿。

里中さんには全くその気がなかったようだけど、あれだけ押しの強い刈谷先輩に言い寄られたらどうにかなっちゃう?

自分でお願いしたくせに、ふたりが気になるなんて情けない。

時間が早く過ぎればいいのに。彼と刈谷先輩がふたりきりでいると思うだけで、胸が痛い。

部屋でじっとしていられそうになくて、最寄り駅についてからも駅前のスーパーをぶらぶらした。この時間帯は値引きタイムらしく、赤い値引きシールを貼られたものがたくさんある。

私はなにを食べよう。お魚の焼いたのを買っていこうかな。

ぶらぶらとスーパーをまわっていたら足がジワリと痛くなって、ようやくレジに向かう。レジ前には時計があって、見ると八時だった。かれこれ三十分以上ここにいたらしい。

会計を終えて早足でアパートに向かうと、階段のあたりに人影が見えた。それと同時に、メールを受信する。

【どこに行ってるの？】

「……舞波さん」

そのメールを出した人物は、目の前にいた。

「やあ菫。今帰ってきたのか？　メールしたばかりだった」

「……なんで」

「今日空いてる?って聞いただろ?」

「空いてませんって言いました」

「でも君は今、ひとりでここにいるじゃない」

スーパーの袋からは、お惣菜についてきた割り箸が見えていた。明らかに自分のためだけに買ったとわかる夕食を見られて、恥ずかしくなる。

「入れてくれない? 誰かに見つかるとやばいし」

「ダメです。なんなんですか。軽卒だったって言ってたくせに」

そうよ。あんなにあっさり引いたくせに、なにを考えているの。

ニヤニヤ笑う舞波さんは、私の猜疑心《さいぎしん》など気にもしていないように間を詰めてくる。

「菫の『ダメです』は、いつも別の意味に聞こえるよな」

「なっ」

「嫌よ嫌よも好きのうちって言うけど。そんな感じ?」

「……違っ」

否定しているつもりなのに、顔が赤くなるから否定に見てもらえない。

なんでこんなに振りまわされるの。

舞波さんのことは嫌いじゃない。好きだった、とても。彼がくれる言葉が、すべて真実だと思えたときは。

　でも、今はよくわからない。

　あなたはなにを考えているの？　誰の言葉が正しいの？

　わからない、わからない、わからない。

　感情の軸がぶれる。なにに興奮しているのか、自分でもわからなくなる。ただ、なにかが弾けて止まらなくなって、視界が潤んでくるのはわかった。

「もう帰ってっ……」

　聞きたくない言葉を遮る彼の常套《じょうとう》手段はキスだ。唇を塞がれ、出口をなくした私の感情は体内で渦を巻く。

　――やめて。

　そう思いながらも、体は大人しくなった。

　背中にまわる腕、大きな、そして懐かしい胸。

　――やめて。

　叫んでいるのは理性だろうか。思いとは裏腹に、私の手は彼の服をしがみつくようにつかんでいた。

「……菫、寂しかったんだろ。バカだな、あれは駆け引きだよ」

一度唇を離してそっと呟き、もう一度塞がれる。私の返答はいらないよとでも言うように。

「好きだ。可愛いな。なぁ、なんにもしないから家に入れてくれよ」

唇を甘噛みされる。変な神経が刺激されて、首筋のあたりがゾクゾクする。

「ここじゃ、ちゃんと話ができない」

たっぷり私の唇を味わって、足腰が立たなくなっているのを確認してから、彼はようやく体を離した。そのまま、手を引いて先を歩く。

今までと同じ。私の気持ちはあとまわしで。私は彼の動きにただついていくだけ。

「鍵出して」

「……はい」

迷っていることも戸惑っていることも、追いたてられればあとまわしになってしまう。

私がカバンから出して握りしめた鍵を、彼は奪うように取って鍵穴に差しこんだ。

――ガチャリ。

まわった鍵穴の音に、ようやく後悔が湧いてくる。

私はいつもこうだ。取り返しがつかないところまで来て、ようやく気づく。

「菫」

中に入ったと同時に抱きしめられる。カバンとスーパーの袋がその場に落ちて、嫌な音をたてた。飛びだしたカバンの中身を拾い上げたいけど、体はもうガッチリと押さえつけられていて身動きが取れない。

そして彼の手は、躊躇なく私の胸もとに伸びてくる。

「ほら」

「……や」

「嫌じゃないでしょ。待ってたんじゃない？」

服の上からこすられるだけで、反応している体。どんな否定の言葉も説得力はない。

そのまま引きずられるように奥に入り、ベッドに押し倒される。

「や、ダメ」

「なんで。感じてるくせに」

「やめて」

「寂しかったんだろ？　俺と別れてから」

とても寂しかった。それは本当だけど、たとえ今抱かれたとしても、あなたは私のものにはならない。

「でも、不倫は嫌です」

「まだ言っているのか？　今さらだよ。江里子を騙しているのは一緒じゃん」

皮肉な笑みを浮かべる。私が今まで必死に悩んできたことを、たったひと言で流されたことがとても嫌だった。

『強くなれば？』

彼の声が頭に響く。

嫌なことは嫌だと言わなくちゃ通じない。精一杯の力で、舞波さんに抵抗する。

「でも嫌です」

「それなら一番はじめに断らないと、説得力ないよ」

ブラウスのボタンがはずされて、首もとにキスをされた。そのまま彼は私の胸もとに唇を移動させる。

キャミソールも下着も、単純作業をこなすようにめくり上げて、その頂点を直につばまれる。繰り返される激しい刺激が、私の息を荒くする。抵抗する声を出す余裕もないくらいに攻められて、体からは気力が抜けでていく。

舞波さんは上手だ。少なくとも、私の弱い部分はよく知っている。声を出そうとするとキスで塞ぎ、快楽で思考を絡め取る。

確かに今さらなのかも、と思ってしまう。こんなに簡単に骨抜きにできるくらい、舞波さんは私を知っているんだもの。

あの時期だけで見れば、私のほうが江里子よりずっと一緒にいた。私が彼を癒していた。

「好きだよ、菫」

「んっ、はあっ」

「愛してるよ」

信じれば楽だ。たとえ今だけでも、この言葉を信じれば。今だけは私はひとりじゃない。

足を撫でていた彼の手が、スカートの中に忍びこむ。

「さわっていい？」

さわられたらバレる。私がどんなに感じてしまっているか。不倫は嫌だなんて、綺麗事を言っているだけってことを。

「……だ、め」

「うわ、すげぇ」

「やあっ」

恥ずかしくて、目の淵が熱くなってくる。

彼の指がたてる音が、私の罪を証明している。嫌だなんて言葉だけだ。体のほうがずっと正直に反応している。

「ダメッ」

「まだ言う？　ハイハイ、いいよ。菫は罪を背負うのが嫌なんだよな」

「んっ」

「じゃあ言えなくしてあげる」

息もできないくらい激しいキスをされた。それと同じくらい激しい指での愛撫も。

残っていた衣服を、いつ脱がされたのかもよくわからなかった。気がつくと、私はなにも纏《まと》っていない状態で荒い息を繰り返し、彼はそんな私を魅惑的に眺めながら、服を脱いでいた。

「可愛いなあ、菫は」

楽しそうにそう言いながら、私の両足をつかむ。

もう、どうにでもなればいい。

確かに私は彼に欲情していて、抵抗なんて口だけだ。綺麗事ばかり言ったってどうにもならない。

彼を受け入れるつもりでじっとしていると、玄関のほうで電話が鳴った。

「携帯が」

「いいじゃん。ほっとけば」

「でも」

仕事の電話だったらという言い訳が通用するほど、私は重要な仕事には関わっていない。私はじっとしたまま数コールを聞いた。

「なかなか切れないいなぁ」

耳障りな音なのだろう、舞波さんは嫌そうな顔をして私に乗りかかろうとしたけれど、私は立ち上がって電話を取りに行った。

携帯を持ち上げたと同時にそれは切れてしまう。だけど画面にあった名前は、私の胸を突き刺した。

【里中司】

刈谷先輩との食事はもう終わったの？　だから、私に電話をかけてきてくれたの？　報告するくらいには、私のこと気にかけていてくれているの？

彼の名前が書かれていた画面にうっすらと映る自分の姿が、裸体であることがひどく恥ずかしい。とてつもなくバカで、最低な女に見える。

「……やっぱり、嫌です」

「は？　ここまでしといてなに言いだすんだよ」

「だって。ダメです。こんな関係」

「大丈夫だって。江里子は菫を見くびりすぎている。絶対にバレない」

「バレるバレないじゃなくて」

彼の名前は、お守りのようだ。手の中にある携帯が力をくれる。諦めるな、最後まで伝えたいことは伝えろって、言ってくれているみたい。

ダメなのは、不実だからとかバレるからとかじゃない。変わったんだ、私の心が。

「私、舞波さんより好きな人ができました」

「はぁ？」

「だからやっぱり、もうあなたとはこんなことしたくない」

舞波さんは眉を寄せると、ずんずん近づいてきて、私の腕を強く引っ張った。反動で携帯が転がり、私はベッドに叩きつけられる。

「ざけんなよ。だったらなんで部屋に入れた。なんで、黙って脱がされていた？」

「それはっ」

「こんな状態になってからやめられっかよ」

「やめて！」

のしかかる舞波さんが、私の中に入ろうとする。先ほどまでのあふれる蜜はもう消えていて、引きつるような痛みが私を襲う。それはたぶん相手も同じで。

何度か繰り返そうとした彼は、やがて舌打ちをして私から離れた。

「……しらけた」

「舞波さん」

「物欲しそうな顔してたくせに。あれだろ。結局その好きな男ってのも脈がないから、俺で我慢しようとしたわけ？」

せせら笑いながら、彼は私に服を投げつける。そして自分も脱いだ服を身につけながら、冷たい視線を私に浴びせた。

「俺以外の誰が菫の相手をするんだよ。目立たなくて気の利いた会話ひとつできない菫の」

怒っているからか、舞波さんの言葉には容赦がない。

「菫が綺麗になったのは俺が何度も抱いてやったからだろ？　それまでの冴えない自分のこと、まさか忘れたわけじゃないよな」

聞きたくなくて、手で耳を塞いだ。

つまらない女だった。彼女のいる人に恋をして、ため息ばかりついて。その彼に自分のほうを向いてもらえたら、有頂天になって、あっさり友人を裏切った。

「菫は、言いなりだから可愛いんだよ。反抗しだしたら可愛さも半減だ。今さら、普通に幸せになれると思ってんのかよ、図々しい」

舞波さんの言葉は刺《とげ》のように私に突き刺さる。

私の価値は、あなたの言うことを聞いているだけ？　私が幸せを望むのは、図々しいの？

黙っている私に一度ため息を吹きかけると、舞波さんはさっきよりは落ちついた声音で言った。

「その好きな男って誰？」

「そんなこと言えません」

「ふうん。まあいいよ。わかってるだろ、今日のこと江里子にバラしたら、俺も菫も破滅だってこと」

私が小さくうなずくと、彼は鼻をフンと鳴らした。

「もし俺を崖から突き落としたら、俺は何倍も高いところから君を落とすから」

すごみの聞いた声に、ぞっとした。

私が何度かうなずいたのを確認して、ようやく彼は表情をゆるめる。

「じゃあ、時計も返してもらおうか。いらないいんだろ？　俺からのプレゼントなんて」

私は黙ったまま、散らばっている荷物の中から時計を拾い上げる。

「……はい。これ、です」

「全く。よけいな買い物だったよ」

来たときの服装になった舞波さんは、私の手から時計を取り上げてポケットにしまう。

そして、さよならのひと言さえなく、私の部屋を出て行った。

放心状態

私は裸のまま、しばらくベッドに横になっていた。

舞波さんから投げつけられた言葉は、痛くて苦しい、ひどいものばかり。だけど一番つらいのは、それがどれも事実だったということだ。

最初に相手のいる人に恋をしたのは間違いなく私で。いつも簡単に流されてしまうのも私。

今日だって、もしあの電話がなかったら最後までしてしまっただろう。

意志が弱くて、流されやすくて、目立たない地味な女。人の言うことに黙ってうなずけるのだけが唯一の価値。そんな私に、誰が恋をするっていうの。

一度そう思いはじめると、自分がどんどん嫌になってくる。

誰に見られているわけでもないけど、裸体で部屋にいることがいやらしい気がして、お風呂場に向かった。

熱めのシャワーを頭からかぶって、彼にふれられたすべてを洗い流す。洗っても洗っても体が綺麗になったとは思えず、こすりすぎて気がついたら肌が赤くなっていた。

なにが悔しいのかもわからずに、ただ涙だけをこぼした。

パジャマを着こんで、玄関先の散らばった荷物を片づける。買ってきた夕食も食べる気がせず、そのまま冷蔵庫に押しこんだ。それから携帯を見る。

どうやらシャワーを浴びている間にメールが来ていたようだ。

【時間のあるとき電話して】

里中さんからのメールだ。

嬉しいけれど、行動するのをためらってしまう。これ以上、里中さんに深入りするのも怖い。

だけど、今日のふたりの話も気になる。

刈谷先輩とはどうなったの？　舞波さんとのこと、バラされてない？

しばらく悩んで、結局電話をすることにした。

気になることがたくさんあるというのも事実だけど、一番は声が聞きたかった。舞波さんの罵声を、今日聞く最後の声にしたくなかったから。

かけ直した電話は、三コールで繋がった。

「あの、もしもし」

『やあ。なんかしてた？』

おそるおそるかけた電話の返事は穏やかだ。まだ嫌われていなかったと、安堵が私を包みこむ。

「お、お風呂に入ってました」

『長風呂だね。さっき俺が電話かけたの気づいてた？』

「は、はい」

彼の声に、舞波さんの言葉でカチコチに固まっていた体の緊張が解《ほぐ》れていくみたい。

「あの」

『刈谷さんとの食事は無事終わった。俺がおごったから、お金はちゃんと返してもらって？』

「でも」

『ああ、お礼はいいよ。週末空いているよね。朝からドライブに行かない？』

「わ、私とですか？」

『ほかに誰がいるの』

だって。どうして私と？　こんなに冴えなくて自信もなくて弱い私に、里中さんはどうしてかまってくれるの？

「私なんて、地味ですし」

『それは君があえて地味でいようとしてるからでしょ。ちょうどいいよ、そのあたりも変えていこうか。嫌とは言わないよね。俺は君に貸しがあるわけだし』

「え、あ、その」

『土曜の十時に迎えに行くから、住所を教えてくれる？』

問われるがままに住所を告げると、受話器越しに含み笑いが聞こえる。

『ああ、結構近いんだな。十五分もあればいけそうだ』

「住所だけでわかるんですか？」

『タブレットで地図開いてるから』

さすが営業とでも言うべきか。最新端末もしっかり使いこなしているのだろう。

「あの。……私とで本当にいいんですか？」

不安からの問いかけに、彼の返答は甘く耳に響く。

『君がいいんだよ』

体中が熱くなって、それ以上なにも言えなくなった。そして同時に、怖くもなる。

里中さんに、今日のことを知られたくない。舞波さんに言い寄られたくらいで簡単に揺らいでしまうような私を、知られるのは嫌だ。

黙ってしまった私に、彼はクスリと笑った。

『冗談だよ。おやすみ』

「……おやすみなさい」

彼の言葉を聞いていると、変に期待をしてしまう。

私のこと好き？　それは自惚れ？

彼がくれるなにもかもが嬉しいのに、素直に受けとめていいのかわからない。

翌日、刈谷先輩は会社を休んだ。電話を受けた部長は「体調不良だそうだ」と言っていたけど、絶対違うと思う。

昨日、里中さんは一体、刈谷先輩になにを言ったんだろう。ショックで寝こむほど、繊細な人だったかなとは疑問に思うけど、あれだけ想い続けていたのだから、かなりショックだったのだろう。

【体調は大丈夫ですか？　お大事にしてください】

急いで送ったメールは、読み返してみるとなんだか嫌味な気もする。でも出してしまったものは今さら取り戻せない。

それに、今日は舞波さんのことも気になって落ちつかない。朝から普通に仕事をしているけれど、私はこれから彼とどんなふうに接したらいいのだろう。

「塚本さん」

「は、はい！」

そう思っている矢先、舞波さんに話しかけられた。

『言いなりだから可愛いんだよ』

昨日の罵声が頭から離れない。どういう態度を取ればいいのかわからなくて、体が勝手に緊張してしまう。

「これコピー取ってくれる？　ちょっと多いけど、五十部ずつ」

「は、はい」

受け取ってじっと見ていると、舞波さんは私をちらりと見てバカにしたように笑った。

「……なに？」

「いいえ。わかりました。五十部ずつですね」

「そう。ちゃんと聞いていてくれて嬉しいよ」

長いコピーの待ち時間、なんとなく視線を感じて落ちつかない。

バラしたりなんかしないから、こっちを見ないで。どんなに昨日のひと言が悔しくたって、そんなことしたら私も終わりだもの。

顔を上げると、舞波さんと目が合った。そそがれている視線からはただ威圧感のみが漂っていて。

『言いなりだから』

そうならなければ私には価値がない。それを重ねて言われているようでつらかった。

結局、刈谷先輩は二日続けて休み、会えないまま週末を迎えた。

そして今日は里中さんとの約束の日。

私は朝から落ちつかず、クローゼットと洗面台を行ったり来たりしている。なんとか決めた服装は、無難を意識したためかやはり地味になってしまって。あんなに時間をかけたのに、と自分が情けなくなる。

やがて十時少し前に携帯が鳴った。

『おはよう。近くについたから、外に出てきてよ』

「は、はい」

電話越しに聞こえる里中さんの声に、浮かれる自分をとめられない。鏡の前で最終チェックをしたあと、頑張って靴だけはヒールの高いものを選んだ。

「おはよう」

里中さんは車の窓を開けてにこりと笑う。深みのある綺麗な紫の車だ。

「里中さん、車持っているんですね」

「うん。俺ドライブが趣味だから」

「へぇ」

「今日は郊外のアウトレットに行こう」

「はい」

助手席には低反発のシートクッションが敷いてあり、座ると沈みこむような感覚があった。車内は冷房が効いていて涼しく、どことなく爽やかな香りがする。

とても清潔にしているんだ、というのが一番の印象だ。

カーステレオからはラジオが流れていて、会話がなくとも気まずくない。

「刈谷さん、あれからどう?」

最初に口を開いたのは、里中さんのほうだ。

「あ、あれから休んでいてわからないんです。……あの日、なにか言いました?」

「お礼とかそういうのはもういいし、仕事以外でほかの女性と出かけるのは誤解されるからこれきりにしたい、って言った」

それは、里中さんに誤解されたくない相手がいるっていう意味に取れる。やっぱり刈谷先輩は失恋で休んでいたの？

「……誤解って誰にですか？」

「さあ？　特に誰ってことはないけど。誤解されるとしても刈谷さんとは嫌だな。君のほうがいい」

最後の言葉に心臓が跳ねて、勝手に顔が赤くなるのをとめられない。ちらりと運転席を見ると、里中さんは正面を向いていたからホッとした。

だけど、

「反応がいちいち可愛いよね」

続けざまにそんなことを言う彼に、心臓がもたない。

「からかわないでください」

「からかっているわけじゃないけどね。まあいいや。今なに言っても君には届かないから」

さらりとそんなことを言い、口もとに笑みを浮かべたまま、彼はハンドルを操作する。

かっこいいな、と思う。ほどよく筋肉のついた腕が時折、私たちの間に位置するエアコンの操作パネルに伸びて、そのたびにドキドキしてしまう。時々、ラジオの話題を拾っては私を笑わせてくれて、窓の外の景色に誘導してくれたりもする。

話題が豊富な人といるのはこんなに楽しいのか。

ひとりでいるとダメな自分に落ちこんでばかりなのに、今日はとても心が軽い。

「さあ、ついた」

車をとめた彼は、すぐに運転席を降りると助手席側にまわってドアを開けてくれた。

「どうぞ」

「え？　あ、ありがとうございます」

どこぞのお嬢さまみたいな扱いをされても、どんなふうに対応すればいいかわからない。

「君は少し自信を持ったほうがいい」

「え？」

「強くなるにはまず自信を持たなきゃ」

じっと彼を見ていると、彼はゆるく笑ってから背中を向けて歩きだした。置いていかれそうになって、私は小走りでついていく。彼がなにを考えているのかはさっぱりわからないけれど、さっきの言葉はものすごく胸を突いた。

第三章　忘れさせて

魔法をかけて

郊外のアウトレットモールで最初に入ったのは、リーズナブルな価格が人気のブランドショップだ。

「ここ女性モノですよ?」

「うん。そうだよ。……あ、すみません」

里中さんは、すぐに店員を見つけると呼びだした。

「彼女に似合いそうな服を選んでもらえないかな。一箇所淡いグリーンを入れて。それ以外はお任せで」

「はい。かしこまりましたー」

ショップ店員は私を上から下までチェックすると、「少々お待ちくださいね」と服を選びに行った。

「さ、里中さん」

「昔こんな映画あったよね。出会った女性をセレブ風に変身させるやつ。俺もちょっとやってみたかった」

そう言って片目をつむる。

「あの、でも私、そんなにお金に余裕が」

「そういうのは気にしなくていいの。君は俺に借りがあるんでしょ？　今日は大人しく言うこと聞いてもらうからね」

「……でも」

「お待たせしましたー！」

元気のいい店員さんが、かごにたくさん服を持ってきたかと思うと、私は試着室に連れていかれた。まるで着せ替え人形にでもなったかのように、次々渡される服を試着していく。

「わあ、スタイルいいんですね。もっと体のラインの出る服でもよさそう。勿体ないなー、なんでこんな隠れるような服着ているんですかー」

「わ、私」

「ほら、これなんて素敵。彼氏さん、どうですか？」

「や、ちょっと待って」

恥ずかしがっている間に、店員さんが店の中をぶらぶらしている里中さんを呼んでくる。

胸もとの開いた淡いグリーンのカットソーに、腰のラインが綺麗に出るクリーム色のスカート。普段着っぽいけどおしゃれで、どこか華やかな印象の洋服だ。それに身を包んだ私を、里中さんが見ている。

なんて言われるのだろう。反応が気になって落ちつかない。

「ど、どうですか」

「ああ、いいね。やっぱりグリーンが似合う」

里中さんはにっこり笑うと、私ではなく店員さんに向かって言った。

「このまま着せたいから、タグを取ってくれるかな。今まで着ていたほうを包んでくれる？」

「はい、ありがとうございます」

店員さんは嬉しそうに、私の試着している服から、肌を傷つけないように丁寧にタグを切り落とした。

「ではお会計はこちらで」

促されるまま彼はレジに向かい、カードで会計をすましてしまう。

「里中さん、悪いです」

「あとで返してもらうからいいよ。別のことでね」

「別のことって……」

まさか、服の代金の代わりにひと晩付き合えとか……。言わないよね、舞波さんじゃあるまいし。

「じゃあ、次はこっち」

「え？」

次に連れてこられたのは、化粧品店。アウトレットだから美容部員さんがメイクしてくれることもあんまりないはずなのに。

「これってどういうふうに使うのかな。ちょっと彼女にやってみてくれない？」

言葉巧みに彼が美容部員さんを誘導して、私は自分では普段できないようなバッチリメイクをしてもらった。

「どう？　自分でもできそう？」

「あ、はい。さっきの感じでやればいいんですよね」

「そう。じゃあ、これ買うから清算してくれる？」

その中から、アイシャドウのセットを選んで買ってくれた。

そんな感じでアウトレットを一巡するころには、私から地味さはなくなり、おしゃれで華やかな年相応の女性ができあがっていた。これなら、彼と一緒に歩いても『釣り合わない』と身を縮こませるようなことはないだろう。

「大体こんなもんかな」

「あのでも、すごくたくさん買ってもらって」

「うん。今日だけね」

彼はそう言って笑うと手近の店の鏡の前に私を連れてきた。

「自分から明るい色を選んで着れば、君はとても綺麗だよ」

「……あの」

「はじめて会った日も、綺麗な人だなって思ったんだ。だから次の日、会社で会ったときはギャップにびっくりした」

「そんなに普段はダメですか」

少し落ちこんでそういうと、彼は私の目の前で指を振る。

「考え方を変えてごらん。普段がダメなんじゃなくて、磨けば光るって言ってるんだ。毎日君が自分で魔法をかければいい」

「自分で？」

「そう。披露宴のときのようなドレスは無理だろうけど、大体このあたりの店のものなら俺たちの給料でも普段から買えるでしょ」

「ええ、まあ」

「俺が魔法をかけられるのは一日だけ。あげられるのはきっかけだけだ。あとは君次第。……どうなりたい？」

じっと私を見る彼の瞳に、吸いこまれそうになる。

どうなりたいって。……強くなりたい。もっと自分が好きになれる自分になりたい。

心の底からそう思えて、なぜだか胸がいっぱいになって涙が浮かんでくる。

「……私、綺麗ですか？」

「うん。笑うともっといいけどね」

「変われると思いますか？」

「それはわからないけど。変わろうとすればいいのにって思うよ？」

「……里中さん」

地味で、大人しくて、人の言うことを聞いてばかりで。それがずっと私に求められているのだと勝手に思いこんでいた。反論されるのが怖くて、自分が我慢していればそれですむのだと、最初から諦めていた。

変わってもいいの？　変わることはできるの？

「私、ホントは刈谷先輩が苦手です」

「そうだろうね。彼女アクが強いし」

「でも逆らえないんです」

「どうして？」

どうしてだろう。そう問われてみれば理由なんかあっただろうか。重ねた日々の中で、いつしか彼女の言いなりになるのがあたりまえになっていた。

「嫌なことは嫌って言ったらいい」

里中さんがくれる言葉は、ともすれば無責任とも取れるだろう。いつもの私なら、それを否定的にしか取れなかったと思うけど、今日は違う。

見た目が少し変わるだけで、こんなに気持ちは変わるもの？

「……変わりたいです」

ようやく、心の奥底からその言葉を口に出せた。

変わりたい。強くなりたい。

里中さんは満足そうに笑うと、私の手からカバンを取る。

「じゃあ、次は食事に行こうか」

「はい」

「なにが食べたい？」

〝なんでもいいです〟

それがいつもお決まりの返事だった。誰かに合わせるのがあたりまえ。人を不快にさせるくらいなら自分が我慢したほうがいい。

でもそうじゃない。私はずっと、そうやって自分が楽をしようとしてきたんだ。

「……野菜が食べたいです」

「野菜？　漠然としているなぁ」

里中さんは怒らない。その言葉を受けとめて笑う。

「最近ちゃんと料理もしてなくて野菜不足なので」

「ジャンルはなんでもいいのかな。そうだな、ここだと一階に蒸し料理の専門店があるんだけど。そこに行ってみようか」

「はい！」

自分の言葉を受け入れてもらえて、私はようやく笑顔になれた。

不安ばかりで見えなくなっていた視界が、少しだけ開けてきたような感じ。

「やっぱり笑ったほうがいいよ」

そんな言葉を耳もとに落とし、そっと背中を押してくれた彼に、胸が温かくなった。

「今日はありがとうございました」

　送ってもらったアパートの前で、私はたくさんの紙袋を抱えながら大きく礼をした。あたりはもう暗く、車のライトが眩しく感じるくらいだ。

「そこまで丁寧にされると恥ずかしい」

　里中さんはそう言って、上を向かせるように肩を軽く押した。

「でもこんなにたくさん散財させてしまって」

「それはまあ気にしなくても。また食事に付き合ってくれたらいいよ」

「はあ。でも」

「なに？」

　口ごもった私に、彼が聞き返してくる。言いだしにくくてもごもごと口の中だけで呟いていると、彼が顔を近づけてきてびっくりした。

「聞こえない」

　近い、近いってばー‼

　鼻がぶつかりそうなくらいの距離に、私はすごくどぎまぎしてしまうのに、里中さんは平然とした顔をしている。

「や、あの。……刈谷先輩にバレるのが怖いんです」

刈谷先輩にバレたら、絶対舞波さんとのことを里中さんにバラされる。今彼に軽蔑されたら、私はきっともう立ち直れない。

里中さんは、顔の位置をもとに戻すと、なんてことないようにさらりと言った。

「ああ。そうだね。じゃあ刈谷さんには内緒にしよう。連絡はメールでするから」

「はい」

「じゃあまたね」

あまりにもあっさりと、彼は再び車に乗りこんだ。今日のデートで親密さが増したと思っていただけに拍子抜けする。

はっきりと『付き合おう』とか『好きだ』とか言われたわけじゃないけれど、次の約束をしたことで、私はこんなに浮き足立っているのに。

「あの、気をつけて」

私の叫びに、彼は車の窓からひらひらと手を振った。その車が見えなくなるまで見送ってから、私は両手いっぱいの荷物を持って部屋に入った。

服、化粧、髪飾り。ひとつひとつは些細なものでも、それが重なれば十分な大きさになる。

それらをちりばめて、私に自信を持たせてくれた彼。そこまでしてくれるのは好意があるからだと勝手に期待していたのだけど、私の勘違いなのかな。帰りがけの彼の態度を見ていると、そんな気もしてくる。

彼が買ってくれた服を丁寧にたたんで部屋着に着替え、ベッドにダイブする。

里中さんが好きだ。胸の奥底からそう思う。

その日は、幸せな気分で眠りにつくことができた。

変わるということ

月曜の朝、私は少し明るめのインナーにジャケットを羽織った。

お化粧も、いつもより時間をかける。いきなり変身はできないけど、少しずつでも前向きになれるように、自信を持てるように。

カバンには彼がくれたあの指輪を入れておく。これを、強くなるためのお守りにしよう。つけることはできないし、私のために用意されたものでもないけれど、彼からもらったものには変わりない。

出がけにケースを開けてその輝きを見ると、彼を思いだすのと同時に、受け取るはずだった女性のことを考えてしまって、胸がもやもやした。

つい先日まで、それほど深い意味を持たなかった指輪が、私の中で嫉妬の対象になっていることに驚いてしまう。

会社の最寄り駅から歩いていると、背中を叩かれた。

「おはよ、菫」

「……刈谷先輩っ」

思わず身構えてしまい、挙動不審になる。

なにか違和感があったのか、刈谷先輩はまじまじと私を見た。

「なあに、なんかおしゃれしてない？　いいことでもあった？」

「あ、はい。いや、あの、ないです」

「そう。私もね、色々あったのよ」

「お休みされていたのは体調不良ですか？」

「心の不調ね、どっちかというと」

大きなため息をひとつ落とす。やっぱり、里中さんに振られたのがこたえているのだろうか。

「……里中くん好きな子がいるみたい。誤解されたくないんだって」

「そうなんですか」

慰めなきゃいけないんだろうけど、とても冷静にできそうにない。話せば話すほどボロがでそうだから、話題を変えたかった。

「婚約者と別れてから女の気配なんてなかったはずなのに。私ずっと見ているのに、頑張っているのになぁ。……どうして私じゃダメなのかしら」

「……さあ」

それは、逆に頑張りすぎだったからのような気がするけれども。

刈谷先輩はちらりと私を見た。

「菫、知ってる？　里中くんの好きな人」

「……知りません」

「菫じゃないよね。菫は私の気持ち知ってるもんね」

しつこいほど重ねられる言葉は、もし私なのだとしたら断れということ？

「菫は〝あの彼〟と付き合ってるんだもんね？」

すがるような目でそう言われて、うなずきそうになる自分を必死でとめる。

違う。せめて違うことは伝えないと。もう舞波さんとは関わらないって決めたんだから。

「違います」

「え？」

「刈谷先輩の勘違いです。彼とはもう」

「今さらしらばっくれないでよ。ふたりきりであんなことしていたくせに」

「あれはっ……」

「いい子ぶるの、菫の悪い癖よ？」

そこまで言うと刈谷先輩は満足したように、私の肩を叩いて先を歩きだした。

彼女の颯爽としたうしろ姿を見ながら、なぜか気分が落ちこんでいく。

せっかく変わろうと思ったのに、自然と心が沈んでいってしまった。


里中さんとの関係はあれから変わっていない。

土日のどちらかにドライブに行ったり食事をしたりはするけれど、お互いに『好き』とか『付き合って』とか具体的な言葉を口にすることはなかった。だから、いまだにリハビリのために一緒にいる……ということになるのだろうか。

それでも、彼との逢瀬は、私に一週間を頑張れるだけの元気をくれる。言葉に出してその関係が壊れてしまうくらいなら、このままでいいという気にもなっていた。

彼が言った通り、毎日ひとつだけ、明るい色のものを服装に取り入れる。不思議なもので、そうすることで気分は上向きになり、仕事中も元気な声が出るようになった。

「塚本さん、この仕事手伝ってくれない？」

同じ部署の人から、そんなふうに言われることが増えてきた。以前ならば、私には誰にでもできるような単純作業がまわされることが多かったのに、今は人と話すような仕事に同行させてもらえることも多い。

そんなふうに一ヶ月あまりを過ごして、今は十月。巷《ちまた》には秋の気配を含む風が吹きはじめていた。

「今日は助かったよ。君、最近、なんか垢抜《あかぬ》けたんじゃないか」

今日は部長のお手伝い。会議で使うパソコンとプロジェクターの操作をする。そんなに難しい仕事ではないけれど、以前の私ならば絶対にまわされなかった仕事だ。

「そうですか？」

「笑っているから印象がいい。いい出会いでもあったのか？」

「……そうですね」

「大事にするといい」

自分が心を開いていくことで、不思議とまわりの人も優しくなった気がする。人に認められるって嬉しいことだったんだ。もっと頑張ろうって思える。

里中さん。変わるってこういうこと？　こうやって自分から笑顔を出せるようにならなきゃダメだったの？

人事総務部に戻り、パソコン機材を片づけていると、背中から部長の声がした。

「塚本、……舞波もちょっとこい」

「……え？」

どうして私と舞波さん？

不思議に思いつつ、部長の机の前で舞波さんと顔を合わせる。なんだか気まずくてぎこちなくなってしまう。

「舞波、内定者の講習会で手伝いが欲しいって言っていただろう。塚本に手伝ってもらうといい」

「えっ？」

私と舞波さんが同時に叫んだ。そのシンクロ具合に部長が頬をゆるめる。

「ほら、息も合っているようだしな。内定者も可愛い女の子がいたほうがやる気が出るだろう」

「部長、それセクハラっすよ」

「あっはっは。そうかそうか」

舞波さんが突っこんだけれど、部長は全然気にしていないらしい。

「塚本、詳しいことは舞波に聞くといい。しっかり覚えろよ。じきに仕事を任すこともあるかもしれないからな」

「はいっ」

舞波さんと一緒の仕事なんて気まずい。だけど、同じ部署にいる以上は避けられない話だ。

ちらりと舞波さんを見ると、彼のほうも苦笑している。

「じゃあ、午後時間ある？　採用関係の今までの流れを教えようか」

「はい。よろしくお願いします」

「会議室は俺が取っておくよ」

ポンと肩を叩いて舞波さんはデスクに戻っていく。

ほら、大丈夫。もう舞波さんだって私のことなんか興味もないはずだ。普通の会話ができたことに安心してデスクに戻ると、刈谷先輩から肩を叩かれる。

「よかったわね、菫」

言葉に反して顔が笑っていないことが怖い。

「ええ、お仕事のチャンスです」

「バカね、そっちじゃないわよ」

「そっち以外って？」

「またしらばっくれる」

フンと軽く鼻を鳴らして刈谷先輩はディスプレイに向き直った。

あのあとも何度も否定しているのに、刈谷先輩はいまだに舞波さんと私のことを疑っているようだ。


午後三時。舞波さんに呼ばれて、一緒に会議室に入る。

「今までの採用スケジュールがこれ。面接で面接官が感じた印象なんかはこっちにまとめてある」

採用関係の詳しい資料ははじめて見る。自分が入社したときの面接では、カチコチに緊張していて全く気づかなかったけれど、こんなふうにチェックされていたのか。

「話した感じの印象や専攻で大まかな部署をとりあえず決める。志望部署と適性が合っているかなとか。……まあでもそれはもっとあとの話。まずは入社前の数回の研修で、社会人としての基礎知識をつけてもらう」

「ええ。私もやりました」

「はは、まだ覚えてる？　うちの会社では基本マナーは俺たちが教えるんだよ。電話応対とかも。寸劇みたいなことしなきゃいけないから度胸いるよ？　できるの？」

「が、頑張ります」

確かに、以前の私には人前でそんなことはできなかったろう。でも今は、変わりたいと思うし変わるべきだとも思っている。できないって諦めてしまうのじゃなくて、まずやってみないと。

舞波さんは私をじっと見たあと、一冊に綴じられた資料を差し出した。

「これが去年の分。やっていて伝わりにくかったこととか、こうしたらよかったって俺が思ったことも書きこんであるから、読むと勉強になるよ」

「はい」

ぺらりとめくった資料に書きこまれた舞波さんの文字量に驚く。イラストも入った資料で空欄がたくさんあるのだけれど、その空欄がびっちりと埋めつくされるほど感想や要点が書きこんであった。

江里子のお陰で出世しているのだとばかり思っていたけど、そうでもないんだ。舞波さんは努力して、自分の力で出世コースを手に入れたということ？

彼は私を都合よく扱う。ずっとそう思っていたけれど、私のほうだって舞波さんを色メガネで見ていたのかもしれない。確かに、彼女がいるのに浮気するのはだらしないけれど、仕事にも一生懸命だし、気配りだってできる。だからこそ、私だって彼に惹かれたんだ。

「……綺麗になったな」

黙って資料を見つめていると、頭の上から舞波さんの低い声が落ちてきた。

「え？」

「菫、綺麗になったよ」

「な、なんですか。やめてください」

いつもならもっとバカにしたような顔をするのに、妙にしんみりとした空気で、その声は優しい。

やめて。心臓が揺さぶられる。

「仕事もずいぶんやる気になっているようだし。……男できた？」

「そういうのセクハラです。さっき舞波さん自分で言ってたのに」

「はは。そうだな」

なぜか、舞波さんにいつもの勢いが感じられなくて、不思議になる。もっとずっと威圧的な人だったと思うんだけど。

「……江里子となんかありました？」

「いや？　……いや。なんにもないわけでもないか。俺今、浮気を疑われていて」

「え？」

浮気を？　もしやまたほかの人と浮気をしているの？

思わず凝視すると、舞波さんはバツが悪そうに苦笑する。

「してねーよ。菫と別れるときさ、腕時計持って帰っただろ？　俺」

「え？　ああ。そうですね」

「あれをカバンに入れっぱなしにしてて。二週間前かな？　なにかの拍子に見つかっちゃって。うまく取り繕えばよかったんだけどさ。しどろもどろになっちゃって、そしたら疑われた」

「そんな……」

実際に浮気していたときにはうまく隠していたのに。なんてタイミングが悪いのだろう。

「でももう浮気なんてしていないですし」

「そうだよな。だから開き直っていたんだけど。……江里子うるさくってさぁ」

なんとなく想像はつく。

江里子にしてみればプライドが傷つけられたんだ。舞波さんのことを散々に言うだろう。

「……むしろ本気で浮気したくなっちゃうぐらい」

ギシ、とパイプ椅子がきしんだ。

髪の上のあたりに舞波さんの顔が近づいて、私は肩をすくめてしまう。

「……私はもうしませんよ」

「じゃあ俺が江里子と別れたらどうする？　今なら本気で別れる気になってるけど」

耳もとに落とされた声は、蜜月のころに聞いたように甘い。

「それでももう、舞波さんとはお付き合いしません」

きっぱり言い切ると、舞波さんが少し離れた。

「……自信ついたんだな、菫。もう人形にはなってくれないか」

苦笑しながらも、今日の舞波さんはどこか優しいような感じがした。私が変わったように、彼も変わるなにかがあったのだろうか。

「……江里子と話していると、たまに俺の価値ってなんなのかなって思う。仕事を頑張ったってあいつの父親のお陰って言われるし。お姫さまみたいに扱わないとすぐいじけるし」

「でも江里子は舞波さんのことが好きです。だからこそ疑うんじゃないですか？」

「そうかな。『この私が浮気されるなんて』ってことじゃないの？　プライド高いから」

「それは……」

ないとはいえないけど。だけど、確かに愛情はあるのだと思う。

新婚旅行のお土産をくれたあの日、私に見せつけた優越と幸福。そこまでして、江里子は私に、舞波さんが自分のものだとアピールしたかったんだ。

「……舞波さんはどうして江里子と付き合ったんですか？」

「え？」

舞波さんを好きだと思っているうちは、彼の彼女への気持ちを知ることが怖くて聞けなかった。こんな質問を投げかけられるということは、私は舞波さんのことを吹っ切れたのだろう。

「どうして……って。最初は会社の飲み会だよ。俺、部長に気に入られてるからさ。結構上役との飲み会に連れてってもらえるんだ。江里子のほうも入社したてのころは親父さん……ああ、つまり専務に連れられてくることが多くて。そこでかな」

じゃあ最初から上役の娘だということはわかっていての付き合いだったんだ。

舞波さんは少しバツの悪そうな顔をして髪をかき上げた。

「もちろん野心もあったよ。専務の娘と付き合えば得だという考えは頭のどこかに必ずあった。でも、江里子が気に入ったことも本当だよ。美人だし、物怖じせずハキハキしているし。思い通りにならないとキレるけど、謝ってくるときなんかは可愛い」

「好きなんですよね」

「好きだ。でも浮気はした。ずっとでは疲れるんだよ。……菫がいたから、やっていけたんだ」

「そういうはけ口にされた女の気持ちは？」

「考えてない。考えたらやれないだろう。そんなこと」

さらりと言い放つ彼に、いらだちよりも悔しさよりも、哀れみみたいなものを感じた。本当の意味で、舞波さんには恋愛なんてできないのかもしれない。

「……江里子を大切にしてあげてください」

「それ、菫が言うんだ」

舞波さんはバカにしたような歪《ゆが》んだ笑いを浮かべた。それを見ても、もう私はひるまない。

「はい。今さらだけど。あなたと付き合ったことを後悔しています。これから江里子を応援することで償いたいです」

「綺麗事じゃない？」

「それでもいいんです」

ずっともやもやしていた。舞波さんと付き合っていたとき、心の中にはいつも優越感と同時に罪悪感があって。振られてからは自虐的なことしか考えられず、まわりを憎んだり羨んでみたりすることでしか、自分を支えられなかった。

でも今は、なんだかすっきりしている。

綺麗事でもいい。自分をまっすぐにしたい。嫌だった自分の過去は消えてなくなるわけじゃないけれど、これから正しいと思った道を選んで生きることで、少しだけでも綺麗になっていけるかもしれない。

いつだって、逃げることばかり考えていた。誰かといざこざを起こさずに、自分を押し殺していれば、平穏無事に過ごしていけるはずだって。でもそれじゃあ結局、満たされずに苦しいだけだった。だったら、人にバカにされても、苦しくても、自分が正しいって思えたほうがいい。

今、すごくそんな気持ちになっている。それを〝彼〟に告げたら、なんて言葉を返してくれるのだろう。

聞きたい。あなたの声であなたの意見を聞きたい。

私は正しいですか？　間違っていますか？　里中さん、あなたにはどう映りますか？

「……やっぱり変わったな、菫」

舞波さんの声が、思考を遮った。

「まあ、どっちにしろ過去のことは話すなよ。俺も結局は江里子と別れるわけにはいかないんだし」

「わかってます」

「お互いの利益を一番に考えようぜ。……仕事も、これからもよろしくな。塚本さん」

「はい」

名字で呼んだということは、もう過去のことは忘れるという意味なのだろう。

仕事としてはこれからパートナーになる。いちいち険悪な雰囲気を作ることもないので、差し出された手に右手を重ねて握手を交わした。

波の音に乗せて

【今日はいいことがありました。里中さんのお陰です】

【へぇ。どんなこと？】

夜、ひとり言を呟くようにしたためたメールに、里中さんは興味を示してくれた。

「仕事で、少し責任のある役が、もらえて……」

呟きながらメールの文字を入力していると、いきなり画面が切り替わり着信メロディが鳴る。その画面に表示されている名前は、今まさに返事をしようとしていた相手だ。

「もしもし」

『やあ、いい話みたいだから直接聞こうと思って』

「そうなんです！」

声が聞けたことでテンションが上がってくる。

私は、以前より責任のある仕事を担当することになったと伝えた。舞波さんと一緒だということは、言いづらくて曖昧にしたけれど。

『お祝いしようか。週末、どこに行きたい？』

「本当ですか？　どこでもいいです」

里中さんと一緒なら、きっとどこでも楽しい。ウキウキ気分は伝わるのか、里中さんもずっと楽しそうに話してくれる。

『そうだな。たまに海とか見に行くのもいいか。新島《にいじま》海岸の近くにオルゴール博物館があるんだ。綺麗だって聞いたことあるけど、まだ行ったことがないんだよね。行かない？』

「行きます！」

週末の予定を決めて電話を切る。早速、着ていく服を選びはじめる私は、なんだか思春期の女の子みたいだ。

「好き、なんだ。私」

自分の浮かれ具合に否が応でも実感する。

里中さんが好き。今はもう誰より、舞波さんよりずっと。

里中さんはどうだろう。こんなふうに誘ってくれるんだから、少しくらい好意はあるよね？

彼に自分の気持ちを伝えたい。あなたのことが好きですって。

決めた服をあてて鏡を見ると、嬉しそうな自分の顔が映る。それと同時に刈谷先輩の顔が頭に浮かんできて、鏡の中の自分の表情が翳《かげ》っていくのが見えた。

「……ダメだ」

やっぱり言えない。もし里中さんとうまくいったとしたら、今度は刈谷先輩が黙ってない。あのことをバラされたら、会社での私と舞波さんの立場も、里中さんとの関係も、みんなダメになってしまう。

「バカね、私。……夢見ちゃった」

膨らんだ気持ちが宙ぶらりんになる。いつの間にかこんなにも大きくなって、捨てることも隠すこともできないくらいなのに。

「……どうしたらいいんだろう」

その呟きに、答えを見つけることはできなかった。

土曜日、里中さんはいつものように車で迎えに来てくれた。

海辺は風が強いだろうと、今日はジーンズにしてみた。トップスはいつもよりもフリルの多いものを選んでジーンズのシンプルさを補う。髪もいつも下ろしてばかりだけど、結い上げてみた。

「お、なんかイメージ違うね」

「どうですか？」

「可愛い可愛い。いい感じ」

素直に褒めてもらえるのがとても嬉しくて、幸せで、少し不安にもなる。大人になると、ただ信じているだけではいられない。幸せなことにも終わりはあると、もう知ってしまっているから。

「じゃあ乗って」

「はい」

里中さんとのお出かけはいつも楽しい。ドライブが好きというのは本当なのだろう。彼は遠出することを嫌がらない。

やがて車は海水浴場の駐車場で止まった。さすがにシーズンオフなので、車はまばらだ。

「……里中さんっていろんな場所知っているんですね」

「うん、まあね。行こうか。風が気持ちいい」

「はい」

一歩先を歩く彼のうしろについて、白く浮かび上がる波の動きを見る。一時《いっとき》も同じ形を維持しないのがなんだか面白い。

彼が堤防のところに座ったので、その隣に人ひとり分くらいの距離を空けて座る。

「痛くない？　お尻」

「ジーンズなので大丈夫です」

「ならいいけど。塚本さんなんか最近いいね」

「え？」

「笑うようになった」

「それは、……里中さんのお陰です」

それは心からの気持ち。だけど言葉にしてみたらとても恥ずかしくなって、赤くなったであろう頬を隠すように膝を抱える。ジーンズにしてよかったと、本気で思った。

「俺？」

「里中さんがいなかったら、私ずっと前の人を忘れられずにグズグズしていたと思うし」

「へぇ」

彼の声が頭上からした。顔を上げると、私の前髪が彼にふれてしまいそうなほど近くにまで距離が縮まっている。

「そう言うってことは、前の彼のことは忘れたの？」

「……そうですね、たぶん」

「たぶん……ね。まだ曖昧だなぁ。ちゃんと終わりにしたほうがいいよ。俺は、不倫はオススメしない」

「……ですよね」

「人を不幸にするだけだし。その人の家族も崩壊する」

そう言った彼の表情は厳しくて。なにか不倫について嫌な思い出でもあったのかと疑うほど。

彼の過去を私はよく知らない。とても好きだった婚約者がいたのに、うまくいかなかったということだけ。

あなたこそ、もう吹っ切れたんですか？　誘ってくれることに、私は期待してもいいの？

「……里中さんは、どうして私を誘ってくれるんですか？」

「ん？」

彼の真意を知りたい。刈谷さんのことを恐れているくせに、そんな気持ちも捨てられなかった。

「塚本さんは、どうして俺の誘いに乗るの？」

予想外の切り返しだ。質問に質問で返すの？

「それは、誘ってくれるから」

「じゃあ、俺が誘わなきゃもう会わないの？」

「それは……」

おかしい。いつの間にか私のほうが追いこまれている。

「会いたい……です」

「うん」

満足そうに彼が笑って。私はなぜか泣きたくなる。

「……でも怖いんです。まるで魔法にでもかけられているみたいで」

「魔法？」

「いつか突然魔法が解けて、なにもかもなくなったらどうしようって」

魔法を解くための呪文は、刈谷先輩が知っている。舞波さんとのあのキスをバラされたら、きっと嫌われるに違いない。

「魔法を解けなくするにはどうすればいい？」

「そんな方法ないです。私は知らない」

「俺は知っているよ。かけ続ければいいんだ。ちゃんと本心を口にし続ければいい」

「本心を？」

里中さんの手が頬に伸びて、私の顔を持ち上げる。目を合わせるように上を向かされて、恥ずかしさから視線だけをはずした。

「言ってみれば？」

軽い調子で彼が言う。

でも、私の本心って。言ったら色んなことがおかしくなっていってしまうのに。

私はなんて言ったらいいの？

「忘れたいんでしょ？　前の男のこと」

小さくうなずくと、彼は頬から手を離した。

「俺はお願いされるの好きなんだよね」

クスリと笑って試すような目で見られる。ふたりでいると、ホント意地悪だなぁって思うけど、彼にそうされるのは私も案外嫌いじゃない。

望まれたと思う言葉を、私は素直に口にした。

「……彼のこと、忘れさせてください」

まるで変な誘いのようにも取れて、顔から火が出そう。真っ赤になった私は、再び膝に顔を埋める。

　やがて彼の大きな手が私の頭の上に乗って、ゆっくりと撫でてくれる。海風でパサパサになった髪はごわついていて、ますます恥ずかしい。

「いいよ」

　その返事に顔を上げると、里中さんの顔が近づいてくる。キスをされるのかと目をつむると、彼の唇は額に落ちた。

「付き合おうか」

「い、……いいんですか」

　夢みたいな言葉に、ふわふわと浮いたような感覚になる。

「うん」

　私のこと好きですか？

　それは聞けなかった。なんとなく、あの婚約指輪を思い出してしまって。

「……嬉しいです」

　涙声でそういうと、彼は私の肩を抱き寄せてくれた。

　互いに『好き』という言葉は告げない告白。それでも、私にとってはとても幸せな一瞬だった。

黙って彼の肩に頬を寄せながら、繰り返す波の音に合わせて心の中だけで繰り返す。

好きです。

好きです。

言えない言葉を波の音に乗せて心に刻んだ。

目撃

どのくらいそうしていただろうか。

「そろそろ行こうか。オルゴール館も見たくない？」

先に里中さんが立ち上がって、私の手を引っ張ってくれた。

「見たいです」

「その敬語やめようか。付き合うんでしょ？」

「え？　でも」

「俺のことは名前で呼んで。あ、名前知ってる？」

「知ってます。つ、司さん、ですよね」

「呼び捨てでもいいけど」

「やっ、それは難易度が高いです」

顔が赤くなっているのを隠そうと、顔の前で手を振ると右手をつかまれる。

「俺は菫って呼ぶけどいい？」

「……いい、です」

そのまま、右手を引っ張られて歩きだす。

私たち、手を繋いでる。隣を歩く司さんとはほんの少ししか距離がなくて、動くたびに肩に頭がふれそうになる。

もうこれは知り合いの距離じゃない。こんなとこを誰かが見たら、私たちを恋人同士だと思うだろう。

「あの、刈谷先輩には内緒に……」

「なんで？　付き合うんでしょ、俺たち。もう言っちゃおうよ」

「ダメです。お願い」

「うーん。でも、勝手にバレると思うよ。だって俺は別に隠す気ないし？」

「お願い、会社ではダメです」

お願いに弱いって言っていたから、両手を合わせて必死に懇願する。すると彼は頭をくしゃりとかいて笑った。

「仕方ないなぁ」

そのまま、その手は肩に移った。

「じゃあ見に行こう」

「はい」

肩を抱かれてオルゴール館まで向かう。心臓がドキドキして、彼の話があまり頭に入ってこなかった。


夕食をとったあと、彼は私のアパートまで車で送ってくれた。

「ありがとうございます。あの、お茶でも飲んでいきますか？」

「いや？　今日は帰るよ。またメールする」

「……そうですか」

付き合うことになったのに、彼の態度はそれほど変わらない。多少のスキンシップが増えただけで、おでこのキスが一番の進展だ。

小さくなる車を見送って、ため息がひとつこぼれでた。

もっと早く距離を縮めたい。そう思う自分がいるのは、否が応でも認めざるを得ない。自分のわがままさに笑ってしまう。バレるのは怖いのに、彼のことは欲しいだなんて。

「バレたら、……嫌われる？」

だけど、いつか必ずバレるなら、私は自分から彼に伝えてしまうべきなのかもしれない。上手に嘘をつく自信なんて、私にはないんだから。

「覚悟を、決めなきゃなぁ」

言葉に出してみても、心は定まらない。少しは強くなったと思ったけれど、やっぱりまだ弱い私がここにいる。


「菫って、結婚間近の彼とはどうなっているの？」

久しぶりにランチに呼びだされ、開口一番に江里子が言ったのはその言葉だ。

いつものコーヒーショップ。今日は久実がおらず、江里子とふたりきりだ。

「えっ、あの」

「結婚、するんだよね。しないの？」

「あ、……あー、しない、かな」

あれが嘘だった……とは言えない。

詰め寄ってくる江里子にはどこか必死な様子がある。それは、舞波さんの浮気を疑っているから？

江里子は気づいているんだろうか。そのきっかけとなった腕時計を私が前につけていたっていうこと。とにかく、なるべく刺激しないようにしないと。よけいな波風はたてたくない。

「なによう、別れたの？　菫、今フリー？」

「えっと、あの」

「だったら資材部の子紹介してあげるよ？　結構かっこいい子いるんだから」

「ちょ、待って。それはいい。いるの、一応。……彼氏は」

これはもう嘘じゃないよね？　一応、司さんとお付き合いするってことにはなったんだし。

「あ、そう。ならいいの。……ねぇ、菫」

ふう、と物憂げなため息をこぼして江里子が私を見る。女の私でもドキッとしてしまうほど色っぽい顔をしていた。

「最近徹生と仕事しているんでしょ？　彼、なんか変わったこととかない？」

「え？　ないと思うけど」

「そう。ならいい」

私に『浮気されてるかもしれない』と言わないのは彼女のプライドなんだろうか。話を突っこみすぎるとボロが出てきそうだと私も黙りがちになってしまい、江里子との昼食はぎこちないまま終わっていった。

江里子と一緒に会社に戻る直前で、うしろから肩を叩かれた。振り返ると、そこには司さんがいた。今日はグレーのスーツだ。ワイシャツの襟はラインのあるタイプで、なんだかおしゃれな感じ。

「やあ、お昼？」

「里中さん、こんにちは」

挨拶を交わす私たちを、江里子は不思議そうに見つめた。

「里中さんと知り合い？　部署違うのに。顔広いんだ」

「江里子だって知り合いでしょ？」

「だって私は親の絡みで色々あるから。それに里中さんは徹生の同期だし。ね、里中さん」

「そうだね。舞波は最近どうなの？　俺あんまり会わないけど」

「菫と一緒の仕事をしているそうですよー」

やだ、よけいなこと教えないでよ。

にこやかに言う江里子に内心で突っこむ。

「……へぇ、そうなんだ」

「そ、そうなんです」

心なしか、司さんの視線が痛い。でも別に教えなきゃいけないことじゃないかなって思うんだけど。

「あー昼から仕事やりたくないなぁ」

「江里子ったら」

「なんか最近調子出なくて」

エレベーターに乗りこんだのは私たちを含め五人で、私と江里子は小さな声で話を続けていた。

「じゃあね、お先」

江里子が資材部のあるフロアで降りると、次は営業のフロアで止まる。だけど降りたのは私と司さんを除くふたりだけで、私の不審げな目つきを平気そうに受けとめながら司さんは閉ボタンを押した。

「里中さん、上の階に用事ですか？」

「ふたりのときはその呼び方じゃないでしょ」

「でも今仕事中ですし」

「まだギリギリ昼休みでしょ」

エレベーターが人事総務部のフロアについた。と同時に、司さんは私の腕を引っ張って降ろし、非常階段に連れこんだ。

バタン、と扉が閉まる重い音。いきなりの行動についていけずに黙っていると、壁際に追いこまれ、司さんの両腕に囲まれた。

「……舞波と一緒に仕事しているのはホント？」

「はい。あの」

「この間言っていたいいことってそれ？」

「はあ、まあ。……あ、でも舞波さんと仕事するのが嬉しいんじゃなくて、責任ある仕事にまわされたのが嬉しいんですよ？」

「ふうん？」

なんだか意地悪な言い方で、司さんが詰め寄ってくる。

私の〝前の人〟が舞波さんだなんて教えてないのに、どうしてそんなに過敏に反応するのかしら。

「ふたりきりで仕事してるの？」

「内定者への講習がメインです。打ち合わせなんかはふたりでしますけど」

「ほかの男とふたりきりになるなら、報告くらいは欲しいな」

視界が司さんでいっぱいになるほど近づかれて、顔が一気に赤くなる。

「し、仕事ですよ」

「仕事でもね」

どんどん近づいてくる彼の顔。ドキドキして心臓が爆発しそう。どうして、なんで急にこんな強引になるの？

固く目をつむった私の唇に、ふっと空気があたった。かと思うと柔らかい感触が頬にふれる。

目を開けると、にやりと笑った司さんが私を見ていた。

「キスされると思った？」

「や、だって」

あんなに近づかれたら誰だってそう思います。

「さすがにもうちょっと雰囲気いいとこ選ぶよ。さ、一時過ぎてる。行こう」

「引っ張りこんだの、司さんじゃないですか」

「主張するとこはしとかないとね。俺は結構、所有欲は強いほうだから」

さらりと言い放つ彼に、ものすごくドキドキしている。

所有されているのは、私ですか。私はちゃんとあなたのものなのですか。

「ほら、仕事」

「もう！　わかってます」

すっかり仕事モードになった司さんに追いたてられて、再び重いドアを開けフロアに滑りでる。

「……菫？」

「え？」

顔を上げると、物音に振り向いたのか、首だけをこちらに向けている刈谷先輩の姿があった。私と目が合い、さらに視線はうしろにいる司さんに向けられる。

「里中くん……」

刈谷先輩の手から、持っていた書類が落ちた。

私はそれを見ながら、自分が崖から突き落とされたような気持ちになる。

「やあ、刈谷さん」

「どうして？　なんで、ふたりでそんなところから」

「ちょっと話していただけだよ。ね、塚本さん」

「は、……は、い」

司さんは平然と言い、何事もなかったようにエレベーターのボタンを押すけど。刈谷先輩は不信感でいっぱいの眼差しで私たちを交互に見ている。

「菫……」

「わ、私、仕事に戻ります」

「ほら刈谷さん、拾わないと」

エレベーターを待つ間に、司さんは書類を拾い上げ刈谷先輩に渡した。

「里中くん……」

「じゃあ、刈谷さんも塚本さんもまたね」

彼は分け隔てなく私たちに声をかけてエレベーターに乗りこんだけれど、それを見送る刈谷先輩の顔はとてもこわばっていて。

私は追及される前にその場を逃げだした。

今だけは仕事が忙しくなったことに感謝する。刈谷先輩に追及されたら、どんな顔をすればいいかわからないもの。

『刈谷さんにバレなかった？』

その夜の電話での、司さんの第一声だ。

「今日は忙しくて話をしていないので」

正確には私が逃げまくっていたのだ。刈谷先輩はずっと私を睨んでいて。その視線が突き刺すようで怖くて、資料室や会議室に資料を持ちこんで、なるべく顔を合わせないようにしていた。

「……でもバレたかもしれません」

少なくとも疑われていることは確かだ。

尻すぼみになっていく私とは対称的に、司さんは楽しそうな声で答える。

『だったら堂々としてようよ。別にいいじゃん。会社で話題になっても』

「……でも」

会社に知れ渡ったら色々な意味で大変になる。

刈谷先輩もだけど。舞波さんと江里子の結婚式でついてしまった嘘が、今になって重くのしかかってくる。つじつまが合わない私の言動に、皆不審がるだろう。せっかく仕事も軌道に乗りはじめたのに、信用を失ったら終わりになってしまう。

『……菫？』

「いえ、なんでもないです。でもやっぱりまだ内緒にしてください」

『そう？』

電話の向こうからため息のような音がした。どっちつかずの私に呆れているんだろうか。

『俺が彼氏なのは恥ずかしい？』

司さんからこぼれ落ちた言葉にびっくりする。

どうしてそっち？

「そんなわけないです！　どっちかと言ったら逆です」

『俺は恥ずかしくないよ。どうせなら新しく彼女ができたって宣言しておきたいくらい。人によってはいまだに俺のこと痛々しい目で見るヤツいるしさ』

〝婚約までしたのに振られた男だからね〟

自嘲気味に続けられた言葉に、彼の痛みが透けて見える。

私の存在は、彼を癒しているんだろうか。それはとても嬉しくて、それだけにはっきり宣言できない自分が情けない。

「でも。……私じゃダメです」

『自信持ったんじゃなかったの？　菫は可愛いよ？』

そんな優しいことばかり言わないで。

どんどん好きになるばかりで、比例するように怖くなっていく。

私の前の彼は舞波さんなの。私は江里子を裏切って、彼と関係を重ねて、……そして振られたの。

こんな惨めな事実を、彼に知られたくない。言わなきゃいけないって思うけど、どうしても言いだせない。

「私なんかが司さんの彼女だったら、司さんのイメージが悪くなります」

『誰がそんなこと言うんだよ。最近部長からも評判いいんでしょ？』

「……でも、私なんて」

司さんの言葉がまっすぐであればあるほど、秘密を抱える自分が汚く思える。だけど、泣くのはもっとずるい。唇を噛みしめて、ただ押し黙るのが精一杯だ。

『なんて、は禁句。何度も言うと怒るよ』

怒ったような口調は、本気で私を心配してくれているように思えて、心臓がぎゅっとつかまれたように苦しい。

「……司さん」

『俺のこと好き？』

直球で聞かれて、息が止まりそうになる。

好きに決まっている。ただ、あなたにふさわしい女になれない自分が情けないだけ。

「……き、です」

『聞こえない』

「好き、です」

『じゃあ俺のこと信じなよ。菫は可愛い。俺が選んだ女のこと、悪く言うなよ』

目のまわりが熱い。どうしてそんなふうに言ってくれるの。堪えている涙が決壊しそう。

「でも、自分のことはそんなによく思えません」

『菫は自虐的だから。自分の意見より俺の意見を信じたほうがいいんじゃない？』

なんて理屈。

こんなふうに言われたら、ますます言えない。あなたが思っているようないい女じゃない私を、知られたくない。

「……司さん」

『うん？』

「私どうしたらいいですか」

『なにを？』

「あなたが好きすぎて、もうどうしたらいいかわからない」

電話の向こうが黙る。つられるように私も息をひそめてしまう。息苦しさを感じるくらいの沈黙のあと、司さんは小さく笑った。

『……すごい殺し文句を言うよね』

「え？　なんで？」

『それが素ならもっとやばい』

「やばいってなんですか。私なにか変ですか」

『変ではないよ。いや、いいよ。俺の好み』

「好み……って」

心臓がもたない。

ひと言ひと言にどうしようもなく揺さぶられる。

『……会いたくなるな』

はあ、と息とともに吐きだした司さんの声はなんだか艶っぽくて、背筋がゾクゾクしてくる。

私だって会いたい。もう言葉だけじゃ足りない。あなたを好きなことを、体中で伝えたい。

だけど。

「もう夜中ですよ。明日も仕事だし」

私はあえて興ざめするようなひと言を口にする。

このまま甘えて流されて、すべてが明らかになったときに嫌われるのが怖い。どんな優しい思い出も甘い記憶も、一瞬で裏返せるカードを刈谷先輩は持っている。そして、それを実行させるだけの原動力を、私は彼女に与えてしまった。

私の言葉を、彼はどのように受けとめたのだろう。

しばらくして、小さな返事が返ってきた。

『だよな。それに、……会ったら止まんなくなりそうだしな』

「……司さん」

止まらなく……って、なにがだろう。私が期待しているような意味なのだろうか。

『ん？』

「私のこと、嫌いにならないで」

『……嫌いになるようなことしたの？』

「いえっ、その、そういうわけじゃ……」

ない……とも言い切れない。口ごもる私に、彼が笑う。

『前に言っていた不安ってやつか。大丈夫だよ。言ったろ、魔法はかけ続ければ解けない』

「でも」

『かけてごらんよ』

魔法って、……どうすればいい？

「な、なにを言えば」

『俺のこと、どう思っている？』

「す、好きです」

『うん。それ。……何度も言って』

甘さを含んだ彼の懇願に、私は恥ずかしさで溶けそうになる。

「好きです」

『俺も好きだよ』

「し、信じて？」

『……信じるよ？』

「ホントに大好きです」

最後のほうは、ついに涙声になってしまう。これ以上どう好きになればいいのかわからないほど、彼のことが好きだ。

どうやったら彼にふさわしい私になれるの。一度汚してしまった過去は戻せないの？

『菫、どうかした？』

「なんでもないです。また明日」

潤んだ声の理由を追及されたくなくて、あわてて話をまとめて電話を切った。

翌日、けだるさの抜けない体をなんとか追いたてて出社する。今度の内定者講習会のための資料作りと打ち合わせのために、朝から舞波さんと会議室にカンヅメの予定だ。

「おはよう、菫」

「お、おはようございます」

デスクについて一番に声をかけてくれたのは刈谷先輩。友好的とは言えない空気が漂ってはいるけれど、表情は笑顔だ。それでも刈谷先輩と対面するのは居心地が悪い。逃げるように給湯室に行ったけれど、刈谷先輩はあとを追ってきた。

「今日のその服綺麗な色ね」

クリーム色のブラウスだ。スーツの中から少しだけ見えたとき、顔が明るくなるねって前に司さんが言ってくれて、それ以来よく着るようになった色。

「ありがとうございます」

「……急におしゃれになってさぁ。もてるようになった？　だから調子に乗ってる？」

長調の音階が突然短調に切り替わったように、刈谷先輩の声音が変わる。

突っかかってくるような口調と、挑むような目つき。なのに表情のほうは生き生きとしている。私への敵対心が、彼女を内面から活性化させているみたいで怖い。

どうすれば刺激せずにやり過ごせる？

自然に足は少しずつあとずさりをして、うつむいたまま否定だけしておく。

「調子になんて……乗ってません」

「まあ楽しいよね。皆にちやほやされたら。部長だって最近菫に仕事まわすし。どんな手使ったの？　まさか部長を落とした？」

「刈谷先輩！」

そこまで言われたら冗談にならない。

強い口調で名前を呼んだだけだけど、それまで私に強気に出られたことのない刈谷先輩は驚いたようだ。一瞬息をのんで私をまじまじと見る。

「……冗談よ。でも結構したたかよね。大人しい顔して、裏でなにやっているのかわかんない」

刈谷先輩の視線が、ちらりと舞波さんのほうを向く。ここで興奮しちゃいけない。声を荒らげたら社内の人になにかがあると悟られてしまう。

「それは、本当に違うんです」

「ふうん。別れたの？　それで彼に手を出してるわけ？　私の気持ち知っていたくせに」

「やめてください。そんなんじゃ……」

そんなんじゃ……ない？　でも結果は一緒？

舞波さんに恋をして、その恋人が江里子だと知っていて付き合った。刈谷先輩の恋心を知っていて、それでも司さんを好きになって付き合いはじめた。

そのふたつに、どれほどの違いがある？　私は変わったつもりでいたけれど、実際はそんなに変わってない？

「皆、菫がどんな女かわかってないのよ。私だって知らなかったわ、昨日まで……あ、もう時間ね」

始業のベルが鳴る。部署内で軽い朝礼がなされ、それぞれ仕事についた。

刈谷先輩の言葉で不安になった私は、いつもお守り代わりにカバンに入れておいた司さんの指輪を取り出し、化粧室に向かった。不思議とこの輝きを見ていると安心できる。今となっては本当にお守りのようなものだ。今日は一日、ポケットに入れておこう。

舞波さんとふたりで会議室へ向かいながら、頭からは刈谷先輩の言葉が抜けない。

「とりあえず原案はこれ。塚本さんを新入社員の役にして、電話応対とお客さま来社のときの対応を寸劇披露するから」

「はい」

「シチュエーションと相手の台詞だけ書いたから、まずは塚本さん、新入社員の応対の台詞を埋めてみてよ」

「はい」

私にとっては今さら慣れた作業だ。考えなくてもペンは進む。だけど、今は頭の大部分を別なことが占めている。

司さんは私を好きだと言ったけれど、私のなにを知っている？

私がいつも隠している、汚くてドロドロした部分。人のことを思っているような顔をして自分の欲を優先する部分を、きっと彼は知らない。

私は彼を騙しているの？　本当のことを伝えないっていうのはそういうこと？

「……さん、塚本さん？　……菫！」

「え？」

「どうかした？　動き止まってるけど」

顔を上げると舞波さんが私をじっと見ている。

「すみません。ぼうっとしていました」

「しっかりしてくれよ。今は仕事中だぞ」

「はい」

あわてて資料のほうに目を戻す。ざっと会話を埋めて舞波さんに見せると、ちょっとした言いまわしの変更を指示される。

何年も採用に関わっている舞波さんは、それに関しての気配りが細やかだ。言われた通りに修正し、実際口に出してみて言いやすさなどをチェックする。いつしか私も舞波さんも集中し、気がつけば十一時半を過ぎていた。

「休憩も取らずに一気だったから疲れただろ」

「舞波さんこそ」

「そうだな、お茶でも飲む？」

「ええ。……でもまもなくお昼なので、もうちょっとやってしまいませんか？」

「そうだな。じゃあ続けようか」

再びふたりで資料に向かう。

仕事をしているときの舞波さんは、しっかりしていて素敵だ。その姿に恋をしていた自分を、遠い昔のことのように思いだす。

そのとき、私のポケットから着信音がした。

「電話？　出ていいよ」

「はい」

けれど着信音はすぐに切れて、確認するとメールが届いている。発信者が江里子で、不審に思って開くと、そこには突き刺さるような言葉が書いてあった。

【嘘つき、最低、人の旦那を取るなんて】

思わず息をのんだ。固まる私に、舞波さんが近づいてくる。

「どうしたんだよ」

小刻みに震える私を宥《なだ》めるように、肩にふれる。

「これ……江里子から」

「え？」

舞波さんの動きも止まった。私たちふたり、表示された文字に縛りつけられたように固まってしまう。

「ほらね、見たでしょ？」

ノックもなく会議室の扉が開かれる。

最初に目に飛びこんできたのは、江里子だ。そしてうしろに、なぜか司さん。ドアを手で押さえているのは刈谷先輩だ。

「……ひどい、菫」

苦々しい顔で江里子が呟く。廊下のほうからはざわざわと音がしはじめた。タイミングがいいのか悪いのか、お昼休みになったのだ。

「とにかく入ろう。人目につく」

追いたてるように刈谷先輩と江里子を中に入れてくれたのは司さん。だけど彼の顔もこわばっていて、明らかに不審そうな眼差しで私を見ていた。
刈谷先輩だけが、口もとにゆるい微笑みを浮かべて悠然としている。
扉が閉まる音が、牢屋の格子が閉まる音のように聞こえた。

会議室の衝動

廊下の賑やかさとは対照的に、会議室内は静まり返っていた。

「あ、悪い」

舞波さんが、私の肩に手を置きっぱなしなことにようやく気づき、あわてて離す。

江里子はつかつかと私たちのそばに近づいてくると、私の頬を勢いよく叩いた。その力は強く、一瞬視界が暗闇になる。

「菫っ」

私の名前を呼んでふらついた体を支えてくれたのは、隣にいた舞波さんだ。だけど、呼んだのが下の名前だったのがよけい状況を悪化させる。

「やっぱり……、菫と浮気していたの？　刈谷さんに言われても信じられなかった。でも、……思い出したの。あの時計、菫がつけてたことがあるって。ねぇ、どういうこと！」

詰め寄られて、舞波さんは息をのんで押し黙った。江里子は私に向き直ると涙の滲んだ目で睨みつける。

「嘘つき。彼がいるって言ったくせに。結婚式のときにつけてきた指輪、あれ徹生に買わせたの？」

「ち、違う。江里子聞いて」

「友達だと思ってたのに。ずっと私のこと騙してたの？　楽しい？　人の旦那奪うのって。影で私のこと笑ってたの？」

「違うの」

「なにが違うの！」

江里子の絶叫に、皆が押し黙る。

舞波さんは一歩下がって泣きだしそうな江里子を見つめ、刈谷先輩はドアの近くでただ静かに私たちを眺めている。

司さんの顔は……見ることができなかった。どんな顔で見られているか、考えるだけで怖くて。

魔法が解けてしまう。幸せだったすべてが泡になって消えてしまう。かけ続けろと司さんは言ったけれど、どうやったらかけ続けられるの。

視界が潤んでくるけれど、ここで泣いてどうする？

すべては自分が逃げてきたツケだ。もう逃げちゃいけない。自分でちゃんと伝えないと。

「江里子、違うの。……信じて。話を聞いて」

私は江里子をまっすぐに見つめた。江里子は少しだけたじろいだように視線をそらす。そのまま私は視線を司さんのほうへ移した。

彼は眉根を寄せて私を見ている。その表情が語るのは疑惑だろうか。彼にそんなふうに見られるのが一番つらい。だけど、これが私への代償だ。彼に、大事なことを隠し続けてきた私の。

それでも司さんにだけは嘘はついていない。隠してきたことはたくさんあるけど、語ってきた気持ちはすべて本物だ。

だから。

「……信じて」

彼を見つめたまま、それを言葉にした。

まっすぐそそがれる眼差しから、少しだけ厳しさが消える。私は覚悟を決めて江里子に語りはじめた。

「江里子、ごめんなさい」

「菫っ」

舞波さんが、私をとめようとする。その行動がますます江里子を刺激したのか、彼女は声を上げて泣きはじめた。

「誤解なの。確かに私、昔舞波さんのことが好きだった。だけど江里子と結婚してからは本当になにもないの。信じて。舞波さんは浮気なんてしてない」

背後で、安堵したような舞波さんのため息が聞こえる。彼の浮気をバラすつもりはないことを、どうやら理解してくれたらしい。

「嘘よ、だって……」

「そうよ。私前に見たのよ？　菫が舞波くんと資料室で密会してたの」

刈谷先輩が、ここぞとばかりに口を挟む。

「あれは、たまたま一緒になっただけです。あのときは……」

「抱き合っていたじゃない」

畳みかけられる言葉に、返事が思いつかない。言いよどんでいると、うしろに立っていた舞波さんが一歩前に出てきた。

「……資料落としそうになったときのこと、言ってる？　塚本さんを支えようとして密着したときはあったけど。刈谷さんのぞき見してたの？　趣味悪いね」

「なっ」

舞波さんが妙に生き生きと反論しはじめた。どうやら彼の中でごまかせるという算段がたったのだろう。刈谷先輩も顔を赤くして押し黙った。

「……本当？　だってあの腕時計は？」

涙声の江里子がハンカチで目もとをぬぐいながら問いかける。

「あれは落ちていたのを拾っただけだって」

「じゃあなんであのときはっきりそう言わなかったのよ！」

「記憶が曖昧だったんだよ。俺だって仕事に追われていて忙しいんだ。突然カバンから腕時計出されて糾弾されたらしどろもどろになるだろ！」

自信ありげに嘘を言い切っちゃうあたり、舞波さんってすごい。江里子はその勢いにのまれたように静かになる。

「……ホント？　本当に浮気してないの？　徹生」

「江里子、ここは会社だぞ。そういう話は家でしよう」

「でも、問いつめるには今しかないって思って」

「塚本さんとはなんでもないよ。……なぁ？」

「はい」

「でも名前で呼んでいたじゃない！」

そこを突っこまれると痛い。一瞬黙った舞波さんと私に助け舟を出してくれたのは、それまでずっと黙っていた司さんだ。

「……仲良ければ別に名前で呼ぶんじゃない？　友達でも」

「里中くん？」

「それにね、塚本さんと舞波は付き合ってなんかないよ。だって、彼女と付き合っているのは俺だしね」

「ええっ？」

江里子が目を見開いて彼を見る。彼はつかつかと私に近寄ると腕をぐいと引っ張って自分のそばに寄せた。

「指輪をあげたのも俺。でもあれはなくしたから、今は新しいのをあげた。会社にはつけてきてないだろうけど、なぁ菫」

司さんが目配せする。助けてくれているんだ。そう思ったら、安心してするりと言葉が出てきた。

「……つけてきてないけど持っています、私」

「え？」

ポケットからあの指輪を取り出す。私に向けられたものではないけれど、キラキラした本物の愛情の形。

「ほら」

ケースから見せられた輝きに、皆が一瞬息をのむ。誰が見ても迷うことない婚約指輪が、そこにきらめいていた。

ああこれが、本当に私へ贈られたものならよかったのに。

「……じゃ、本当だったんだ。結婚間近の彼って」

「いえ、あの」

「結婚はね、まだ本決まりじゃないんだ。挨拶とか終わってないからね」

さらりと嘘をつきつつ、現実に沿わせるように話を持っていってくれる司さん。

「これは俺の気持ちとしてあげたものだ。本気なんだけどね。彼女は遠慮してばかりで」

「さ、里中さん」

「そうだろ？　いつも刈谷さんに遠慮してた。……刈谷さん悪いね。でも菫が言わなかったのは君を心配してのことだから、責めないでやってほしい」

「……っ、そんなの。気遣いでもなんでもないわ。却《かえ》って失礼よ」

「俺もそう思うけど。でも菫は菫なりに遠慮していたんだ。そこはわかってやってよ」

刈谷先輩の目に涙が浮かんだ。

あの気の強い刈谷先輩でも、司さんのひと言でならここまで弱くなるんだ。彼女の恋心が垣間見えて、胸をぐちゃぐちゃにされたような気持ちになる。

「刈谷先輩、ごめんなさい」

「やめてよ。謝られるなんて惨めだわ」

「だって、私、刈谷先輩の気持ち知ってたのに」

「だからやめてってば！」

強い口調で言い放つ刈谷先輩に、深い謝罪の礼をする。

「だけど、好きになってしまいました。里中さんのこと」

最敬礼の姿勢から顔が上げられないまま、私は続ける。

「刈谷先輩を傷つけても失いたくないくらい彼が好きです」

「やめてって、……言ってるでしょ」

刈谷先輩の声は涙声で、私から見える足もとは軽く震えていた。こんなふうに泣けるくらい、あんなにも意地悪になれるくらい、刈谷先輩は司さんのことが好きだったんだ。

でももう、私も負けないくらいに彼が好き。

……認めたら、なんだかすっきりした。

私はどうしてあんなに刈谷先輩を怖がっていたんだろう。一緒じゃないの。誰かを好きで、その人を手に入れたくてじたばたしている。私も刈谷先輩も変わらないじゃない。

「とにかくそういうわけだから、舞波もいくら仲良くても名前を呼び捨てにはするなよ」

「里中」

「俺、案外やきもち焼きなんだよね」

「お前が？」

クスリと笑った舞波さんは、口調とは裏腹に、鋭い目つきで睨みつけている司さんの顔を見てぎょっとした顔をする。

「わ、わかった」

「ってわけだから、心配することないよ。舞波さん？」

涙目のままの江里子に向かって、司さんが笑いかける。すると、江里子は困ったように笑った。

「信じていい？　菫」

私がうなずくと、江里子はいつもの居丈高な調子を取り戻した。

「徹生、一緒にお昼食べましょ」

「あ、ああ」

「会社でもちゃんと見せつけておかないと危ないもの」

若干、のろけの交じったことを呟きながら、江里子と舞波さんが出て行き、残された私と司さんと刈谷先輩は気まずい思いで顔を合わせた。

「飯、どうする？」

「ふたりで行けばいいじゃない。お付き合いしてるんでしょ」

吐き捨てるように言って、刈谷先輩は会議室を飛びだした。

「待ってください刈谷先輩！」

あわてて追おうとする私の腕を、司さんがつかむ。

「司さん？」

「……持ってるとは思わなかった」

指輪のことかしら。彼の視線は私の手もとにあるケースをじっと見ている。なんだか恥ずかしくなって、あわてて指輪をポケットに戻した。

「捨てていいよって言ったのに」

「だって。……捨てられないです」

「どうして？」

彼の手は私の腕を離さない。見つめる眼差しもどこか熱っぽくて、ただ顔を見られているだけなのに火照ってくる。

捨てられなかったのは、これにこめられた彼の愛情が本物だと思ったから。

そしてなにより。

「司さんが、はじめて私にくれたものだから」

言い終えた直後、勢いよく引っ張られて、視界が暗くなった。

抱きしめられていると理解したのは、そうなってから数秒後。身動きできないほど強い力で、視界には彼のシャツしか映らない。

「つ、つ、司さんっ？」

「……ホント、時々すごい殺し文句を言うよね」

「か、会社ですよ」

「今は昼休みだよ」

さらりと言い返されてどうすればいいの！

会議室なんて、いつ誰が入ってきてもおかしくないのに。

するとふ不意に腕の力をゆるめられる。ドキドキしたまま彼を見つめると、彼の表情はもういつもの通りに落ちついていた。

「俺、昼から外出するけど、戻ってくるから一緒に帰ろう」

「え？　あ、はい」

「事の顛末をはっきり聞かせてもらうから」

「し、信じてくれたんじゃないんですか」

「信じるよ。菫が信じてっていったからね。……でも、だからといってお仕置きをしないわけじゃない」

軽くおでこをつつかれる。

実は怒っているの？　お仕置きって、私一体なにをされるの？

「覚悟しといて。……刈谷さんを追いかけたかったんでしょ？　行っていいよ」

正直、司さんのそばにいたい気持ちも膨らんでいたけれど、やっぱり刈谷先輩のあとを追った。今を逃したら、ちゃんと伝えられないかもしれないもの。

部署をのぞいてもいなかったので、外に出たのだろうかと考える。エレベーターホールをふらつきながら、ふと思いたって非常階段をのぞいてみた。すると、座りこんで泣いている刈谷先輩がそこにいた。

「……来ないでよ」

小さな声。

あんなに彼女が怖かったのに、今は嘘みたいに小さく見える。

「ごめんなさい」

「謝られるのはすっごくむかつくわ」

「でも、結果的に私ずっと刈谷先輩を騙してしまって」

「そうよ。騙されたわ。……アンタなんてあとから現れたくせに。なんで里中くんにそんなに気に入られたのよ。ずるいわ」

「そうですね」

「舞波くんとだってさ、ホントに違うの？　キスしてるように見えたのに」

「……そうですね」

私の言葉に、刈谷先輩が顔を上げる。呆けたような顔をしていると、刈谷先輩って意外と可愛い。

「……誰にも内緒ですけど、付き合ってた期間はあります。江里子と舞波さんが結婚する前の話です。でも振られたし、もう諦めました。忘れさせてくれたのが司さんです」

「私にそんなこと教えていいの？」

「ずっと知られるのが怖かったんです。それでビクビクしてる自分が嫌いでした。今私、少しだけ変われた気がするんです。……それも、司さんのお陰なんです」

「……むかつくわ」

ぷいと顔をそらして、刈谷先輩は鼻をすする。

「誰かに言いますか？」

私が差し出したティッシュを泣きそうな顔で見て、さっとつかんで鼻に押し当てる。

「……しないわ。今さらそんなこと聞かされても、どうにもならないじゃない。どうせもう、誰も信じないわ」

「ありがとうございます」

「……やっぱりアンタはしたたかな女よ」

いつもと同じきつい口調。それが今日は優しく響いた。

私が変われば、人も変わるのかな。それとも、変わったことで自分のとらえ方が変化しただけなのかな。

わからないけど、今の自分はなんだかとても好きな気がする。

青い鳥が鳴いた

【今日は驚いたよ】

定時後に送られてきた司さんからのメールの最初の一文に、私もです、と心で返事をする。

【打ち合わせが長引いているから直帰する。『Blue Bird《ブルーバード》』で待ってて】

【『Blue Bird』ってどこですか？】

【一番はじめに連れてったパスタの店。道わかる？】

そんなやり取りをして、会社を出た。

歩道は駅に向かう仕事帰りのサラリーマンでいっぱいだ。今電車に乗ったらきっと満員だろう。あのお店だったら駅までの途中にあるから助かる。行くのは、刈谷先輩を交えて三人で行ったとき以来だ。

記憶を辿りながら道を歩くと、つられるようにハーフの綺麗な女性を思いだす。美亜さんだったっけ。あのとき、とても優しくしてくれた。私のこと、覚えてくれているかしら。

また会えるのが嬉しくて、足取りも軽くお店に向かった。

路地の一角にある石造り風の壁のお店。前に来たときはちゃんと見ていなかったけれど、確かに看板には『Blue Bird』と書かれている。

「いらっしゃいませー」

扉が開くと同時にかけられる出迎えの言葉も一緒。今日はそれほど混んでいないのか、すぐにエプロン姿の美亜さんがやってくる。

「……あれ、あなた」

「お久しぶりです」

ぺこりと頭を下げてから顔を上げると、優しい笑顔が迎えてくれた。

「待ち合わせ？」

「はい、里中さんと」

「まだ来てないわね。先にお席にご案内します」

促されてレジ前を通るとき、青い鳥の置物が見えた。そうか、ここは幸せの青い鳥のお店だったんだ。

美亜さんは私を席まで案内すると、手早くお冷やとおしぼり、そしてメニューを持ってきた。

「ありがとうございます」

「いいえ。なんか雰囲気が変わって、別人みたいね」

「そうですか？」

一度しか会ったことがない人でも感じるくらい私は変わったのかしら。

「うん。なんか。……予想外な変わり方」

「え？」

美亜さんが眉を寄せるのでなんだか心配になる。

「私、変ですか？」

「やだ。そんなことあるわけないじゃない。とっても綺麗で社交的な感じになったわ」

「……そうですか」

ホッとして目をふせたものの、彼女がポツリと言った言葉に心臓が凍りつきそうになる。

「ただ、……里中さんの好みのタイプとは違うかなって」

「え？」

「でもお付き合いしているのよね？」

「は……」

はい、と言えなかった。なんで私、動揺している？

「ごめんなさいね。変なこと言っちゃった」

「いえあの、……どうしてそう思うんですか？　里中さんの好みのタイプと違うって」

「なんとなくよ。ほら、あなたが前に来たとき、雰囲気が似た人が来たなって思ったの。だからあなたのほうかなって思ったんだけど」

〝雰囲気が似た人〟

それは誰に？

考えて思いつくのは司さんの元婚約者だ。

「まあでも、人の好みなんて変わるものね。ホントごめんなさい。私ってばよけいなこと言って」

「いえ、あの」

「ご注文が決まったらお呼びくださいね」

美亜さんが顔を上げたとたん、入口のあたりで音がした。

「……あ、いらっしゃいませ」

つられるように私も入口のほうを見ると、息を切らした里中さんがキョロキョロとあたりを見まわしていた。

「里中さん、お連れさまはこちらです」

彼は私を見つけると、ホッとしたように笑った。それに私は少しだけ安堵する。

大丈夫だよね？　私、彼と付き合っているって言っていいんだよね？

「やあ、美亜ちゃん久しぶり。ごめん菫、待った？」

「……い、いえ」

口もとが凍りついたように、言葉がぎこちなくしか出てこない。

ダメだ。こんなんじゃ司さんが不審がっちゃう。ようやく隠していたことすべてを話せるんだから、ちゃんと話さないと。

「俺腹減ったよ。もう注文した？」

「まだです」

「じゃあ俺、水菜とベーコンのパスタ。菫は？」

「同じもので」

「じゃああとワインもつけて」

「はい、かしこまりました」

司さんがテキパキとリードして注文を決め、美亜さんは厨房へと下がっていく。そして彼は私の向かいに座って世間話をしはじめた。

私はうなずいたり相槌を打ったりしているけれど、全然頭には入ってきていない。

私はいい意味で変われたんだと思っていた。だけど、変わった私は司さんに好かれるような存在じゃなくなるのかしら。

確かに、人に依存してばかりで逃げまわっていた私を、なぜ彼が選んでくれたのか疑問ではあった。いつも人の中に埋もれて、静かであることだけがとりえだった私を。司さんの好みがそういうタイプなのだとしたら、今の私ではもう違うの？　変えてくれたのは、ほかでもないあなたなのに。

頭にこびりついた考えが消えなくて、司さんの話は右から左へ素通りしてしまう。パスタを半分ほど食べたあたりで、彼がワインのグラスを合わせてきた。

「え？」

「ほら、聞いてない。ちゃんと俺のほう見ろよ」

「すみません」

「このあと、どうしようか。どこかでゆっくり今日の話がしたいんだけど」

「え？　ここで話すんじゃないんですか？」

「ここで聞いてもいいけど。俺、なにするかわかんないよ？」

にやりと笑われる。

それは……怒られるってこと？

確かに人前で怒鳴られたりするのは嫌だけど。

「じゃあ、歩きながら」

「おっけ。じゃあ食べたら出ようか」

結局店の中では無難に仕事の話や世間話を続けた。もっとも、私はこのあとのことが気にかかっていて、あまり話は弾まなかったけれど。

お会計をするとき、美亜さんはバツの悪そうな顔で私を見たけど、お互いなにも言うことはなかった。


店を出ると外はもう真っ暗だ。

夜風がだいぶ冷たいけれど、ワインで体が火照っているせいか気にはならない。通りにはまだ駅に向かうサラリーマンが結構いて、ゆっくりしたテンポで歩く私たちを邪魔そうに追い越していった。

「で、今日の話」

私に向かって手を伸ばしながら、司さんが話を切りだす。その手の動作が意味するところがわからなくて首を傾げると、「これ」と笑ってカバンを持ってくれた。

「あ、ありがとう。……それに、信じてくれてありがとうございました」

「一応信じたけどね。まだ説明聞いてないよ。あ、舞波が元カレだってのはわかってたけど」

「なんで知っているんですか！」

焦る私を見て、司さんはくっくっとお腹を押さえて笑う。

「わかるでしょ、普通。菫と出会ったのはあいつらの結婚式の日だよ？　あのタイミングで元カレに見せびらかす指輪の話されたら、まあどう考えたって元カレは舞波だよね」

「せ、正解です」

そうか。私は隠していたつもりでいたけど、そこは最初っからバレてしまっているのね？

「なのにどうして資料室で抱き合っちゃったりしちゃうわけ？　それってあいつらの結婚後の話なんでしょ？」

「それは」

「刈谷さんだって確信なきゃあんなことしないと思うよ。そこは本当なんじゃないの？」

「……それは」

彼の視線が痛い。冷静に追及してくるからよけい逃げ場がないというか。

「信じてくれますか？」

「信じるよ？　でも知りたい。どうして舞波とそんなことになったのか」

いつしか足が止まってしまう。彼は私の手を取ると、人気のない路地に入った。表通りはとてもすっきりしていて綺麗なのに、少し奥に入ると、とたんに壁とかも薄汚れていて少し不安になる。

「舞波さんが、……ヨリを戻したがったんです」

「あいつ、最低だな」

小さな舌打ち。司さんのそんな行動は珍しい。

「お断りはしたんですけど、……本当は揺れていました。そのときはまだ、彼に未練があって」

「うん」

「資料室で一緒になって、強引にキスされたときも拒めなかった」

「……ふうん」

そう。流されてばかりで、一時の愛情欲しさに、とんでもないことをしでかすところだった。

「でも、司さんがいてくれたから」

司さんの手がピクリと動いた。いまだ私から離されない手は、ずっと握っているからか少し汗ばんでいる。

「私のこと忘れずに、何度もメールしたり声をかけてくれたりしたから。だから私、彼を吹っ切ることができたんです。司さんがいなかったら、きっと寂しさに負けて不倫するところだった」

「……菫」

彼のもう一方の手が、私の頬をさする。硬い親指の先が、唇をなぞった。

「どんなキスされた？」

「え？　……むっ」

返答する間もないうちに、彼の唇が私のそれを塞いだ。軽くふれて離される。吐きだされた息が、濡れた唇の上を滑った。

「こんなの？」

見つめる彼に首を振ることで返事をする。すると再び彼の唇が落ちてきた。今度はゆっくりと重なり、下唇を舌で弄ばれる。吐息が漏れでた瞬間に、彼の舌は私の口内へと侵入してきた。上唇を舐《な》め、口内を辿られているうちに舌が絡む。ひどく官能的なキスに、立っていられなくなる。

私の膝が崩れそうになっているのに気づいた彼は、繋いでいた手を離して、私を支えるように抱きしめてくれた。

「こんなの？」

「はっ、や、司さんのほうがすごいです」

言ってから恥ずかしくなる。私ってばなにを言っているの。

ふらつく私の肩を抱くと、彼は突然歩きだした。

「行こう」

「え？　どこに？」

「俺の部屋。やっぱりお仕置きしないとすっきりしない。彼女がほかの男にこんなキスされたとか、ちょっと我慢できないな」

「でも、司さんとお付き合いする前ですよ？」

「それでもダメ」

片目をつむって笑って見せる。どうやら本気で怒っているわけではないようだ。

すぐにうなずくのは恥ずかしくて黙っていると、彼が重ねて尋ねてきた。

「俺の部屋、来る？」

「いい？　菫」

なにを聞かれているのかわからないほど子供じゃない。キスでなにかのタガがはずれたのか。今日まで全くのプラトニックだった関係が、急速に動きだす。

私は無言でうなずいて、彼の手を握った。すると司さんは納得したように、表通りまで出てタクシーをつかまえようとする。

高鳴る心臓に翻弄されながら、心のどこかで美亜さんの言葉が引っかかっていた。

〝里中さんの好みのタイプとは違うかなって〟

変わった私で、本当にいいの？　あなたは本当に私のことが好き？

だってわからない。

私のどこを好きになってくれたの？　彼の心が見えないまま、私は彼に抱かれてしまっていいの？

感じてしまった疑問が、心の中からいつまでも消えない。

今夜は帰さない

　タクシーに乗ってからもずっと、司さんは私の手を握りしめていてくれた。

　運転手さんに見られるんじゃないかとひやひやしたけれど、彼は平然とした顔で流れる夜景を眺めている。

　やがてタクシーが止まったのは、落ちついた感じのマンションの前だ。

「ここが、司さんの家？」

「ああ、ここの五階」

　入口はオートロックで、エントランスは広い。白い壁は汚れやすそうだけど、綺麗に磨かれている。ちゃんと管理人がいるタイプのマンションなのだろう。

　司さんって実はお金持ちなの？

「す、すごいマンションですね。うちと大違い」

　私のアパートなんて、ひと部屋とキッチンだけの本当にたいしたことのない部屋だ。

「ちょっと親がうるさくてね。勝手に入らないようにセキュリティの厳しいところを選んだ」

どこか不機嫌そうに呟く。親との仲は悪い？

彼を知れば知るほど、今まで彼を知らなすぎだった自分に気がついた。

「あの、司さん」

「あとでキーロック解除方法教えるよ」

「はい」

でも。本当に私で大丈夫なの？　私が思っているより、ずっとずっと司さんはすごい。仕事だってできるし、しかもこんなお金持ちだったなんて。なのにどうして私を選んだの？

自信がなくなってくる。

私で本当にいいの？　それとも一瞬の気の迷いなの？

五階に上がり、部屋に入れてもらう。ちゃんと玄関スペースがあって、ドアを隔ててキッチンがある。部屋もどうやらふた部屋くらいあるようだ。

「お茶でもいれようか」

「あ、私がやります」

小さな食器棚から湯飲みを探す。その中に、小鳥やハートが描かれた可愛らしいマグカップを見つけた。どれとペアになっているわけでもないカップで、まわりの食器とも雰囲気が違う。

これは司さんじゃない。女の人が選んだものだ。直感がそう告げる。そしてすぐ思いだすのは、彼の元婚約者だ。婚約までしていたなら、あたりまえのようにこの部屋に出入りしていたのだろう。

そう思って部屋を見渡すと、どことなく女性を感じさせるポイントがいくつかあった。

このマグカップや、ハンガーの中に埋もれているスカーフ。無造作に置かれたままの小さなポーチ。

「……司さんの元婚約者って、どんな人ですか？」

「え？」

彼は驚いたように顔を上げる。そして、私から急須を奪い取るとお湯を入れはじめた。

「気になる？」

「私って、あなたの彼女でいいんでしょうか」

司さんが動きをとめて眉を寄せる。昼間見たような表情に、一瞬身がすくんだ。

「……どういう意味？」

「だって、わからなくて。私のどこが好きですか？　あなたに気に入ってもらえる部分が自分にあるなんて思えない。もしかして……単に、好きだった人に似ているだけだったりとかするのかなって」

だったら、彼がはじめに私を気に入ったわけも理解できる。私に元婚約者を重ねていたのなら。

司さんはじっと私を見つめたまま、額の髪をかき上げた。

「似た部分がないとは言わないけどね。もともと依存されるのが好きなんだ、俺は。独占欲も強いしね」

「依存……ですか」

「そう、菫みたいに見つめてくる子には弱い」

私はそんなに情けない顔で彼を見ているのだろうか。

でも確かに、前は彼が助けてくれないとダメな自分だった。

じゃあ今は？

少なくとも今は前より自分で決断できる。刈谷先輩にもちゃんと言いたいことが言えるようになった。明らかに前とは違う私になっている。それでも、好きでいてくれる？

「今の私でも……好きでいてくれますか？」

目を丸くした司さんは、なにかを辿るように視線を泳がせた。

「……誰かになんか言われた？」

「や、そういうわけじゃ……」

ない、といったら嘘だ。私は美亜さんの言葉を気にしている。

「……ただ、司さんの好みと違うのかなって」

「もしかして美亜ちゃんか」

なんですぐバレるんだろう。司さんは勘がよすぎる。

うなずくと、彼は苦笑してお茶を差し出した。それを手に持ち、テーブルに向かい合って座る。

喉を通る温かいお茶は、体内に残っているアルコールを洗い流してくれるみたい。

「美亜ちゃんとは一時期付き合っていたんだ」

「ええっ」

「もう十年くらい昔の話だよ。しかもほんの一ヶ月くらいね。付き合っていたって言っていいか迷うくらい、なんにもなかったし」

「で、でも」

ハキハキして綺麗で素敵な美亜さん。それこそ、私なんかとはタイプが違う。

「俺、あの店のマスター夫婦が大好きでさ、昔からあそこに通っていて。だから美亜ちゃんとずっと友達だったわけ。美亜ちゃんとだったら、あんな夫婦になれるのかなって。……なんていうのかな、理想をあてはめちゃったんだよね。それで、付き合ってみない？って話になって。……でも、違ったんだよな。俺はマスターみたいに、相手の女性を尊重してあげられるタイプじゃない」

「え？」

「好きになるとさ、自分のそばに押しこめていたくなる。とにかく独占欲が強いんだ、俺。奔放な美亜ちゃんとは合わなかった。友達として話しているときには楽しかった会話も、恋人っていう関係になったとたんギクシャクした。だからすぐ別れたんだよ。お互いがそう思っていたから、円満な別れだったんだけど。それから美亜ちゃんは、俺の彼女をやたらに分析するようになっちゃって」

「それで……」

「最初に連れてったときの印象が、綾乃《あやの》に似ているって思ったのかもな。……あ、綾乃ってのは前の彼女なんだけど」

綾乃さん。指輪の彼女の名前。

名前で聞くと急に現実感が出てくるのはなぜなのだろう。

「確かに君と綾乃は少し似ている。それは否定しないけど、俺が君を気に入ったのはそこじゃないよ。最初に、指輪を返しにきたときの菫の言葉だ。『これはあなたの大切な気持ちじゃないですか』って、そう言ったの、覚えている？」

コクリとうなずく。捨てる捨てないで問答していたときだ。

「俺はそれが単純に嬉しかったんだよ。ほかのヤツに見られたら、まだ持っているのかと言われてもおかしくない指輪だ。捨てるなんてダメだって言ってくれたことが嬉しかった。そして……それを君が今も大切にしてくれていることに、かなり感動している」

「司さん」

今もまだポケットにある指輪。これはやっぱり幸運のお守りだ。私に、彼を引き合わせてくれた。

司さんはあらたまって私と向かい合い、真剣な眼差しを向けてくる。

「菫が好きだよ。困ったような顔で俺を頼ってくる菫も嫌いじゃないけど、今の強くなった菫のほうが好きだ」

「本当ですか？」

見返すとうなずいてくれたけれど、顔は笑っていない。

「俺のほうこそ、菫に聞かせておかなきゃいけないことがある」

「なんですか？」

「前の彼女の話。聞きたくないかもしれないけど、しばらく黙って聞いてほしい。覚えているかな。彼女は義理の兄貴と俺の間でずっと揺れていた。でも俺は待てなかった。彼女を強引にこの部屋に連れてきて一緒に暮らした。ゆっくり考える時間を与えないように」

彼は部屋中を見渡した。この部屋で、彼とその彼女は一時一緒に暮らしたんだ。そう思ったら胸がチクリと痛む。

「彼女の生活のすべてを、俺で埋めてしまえばいいと思っていたんだ。そうすれば、いつかはほかの男なんて忘れるだろうって」

司さんの瞳が泣きそうに歪んで、見ているのがつらくなってきた。

「彼女の意思は無視して、結果だけを先に作ってしまおうと思っていた。今考えればひどい話だ。彼女にとっては一生に関わることだったのに。」

司さんは気持ちを吐きだしながら、自分自身を傷つけているみたいだ。あまりにつらそうで、抱きしめて守ってあげたい欲求に駆られる。

「結局彼女は去っていった。ショックだったしトラウマにもなったよ。人の心を手に入れるってこんなに難しいのかって。先に体を手に入れてしまうとその判別はよけい難しくなる。だから菫にはずっと手を出さなかった。」

司さんの手が、私の頬にふれる。大きな体がかがんで、私を上から見下ろしてくる。

「でも、一度手に入れてしまったら、たぶんもう我慢できない。菫はどう？　今の話聞いても俺を選ぶ？　俺の束縛は結構ひどいよ」

彼がさらけだしてくれた汚さは、ずっと雲の上の人のようだった司さんを、私の近くまで下ろしてきてくれた。

「私は、今もあなたに依存しています」

「……え？」

「ようやく言いたいことも言えるようになったけど、それは司さんがそばにいてくれるからで。人の言葉ですぐ不安になるし、寂しくなったらすぐ弱くなるし。今だって、美亜さんの言葉でこんな不安定になって」

ひとりだとちっとも自信なんて持てない。繰り返し繰り返し、司さんが魔法のように言葉をかけてくれるから。だからこんなふうに強くなれたのだと思う。

「私は、ずっとそばで束縛してくれる人じゃないときっと安心できない。だから、つまり、私はあなたじゃないとダメなんです」

恥ずかしかったけれど、今の気持ちをしっかり伝えた。そうしたら、司さんの顔がくしゃりとゆるむ。

「それは、……最高の殺し文句だな」

ふ、と視界が翳ったかと思うと、唇を塞がれた。もうなんにも心配することなんてない。素直に甘えていいんだと思ったら、嬉しくて涙が出そうになった。

「私のこと好きになってください」

「もうだいぶ前から好きだよ」

「綾乃さんや、美亜さんより、好きになってください」

口にした本音を、司さんは笑って受けとめる。

「終わった恋愛になんて、もうしがみついてないよ。そっちこそ、舞波のことはもう忘れたの？」

「忘れました」

「ホント？」

「あなたが忘れさせてくれたんじゃないですか」

そう呟いた唇に、落ちてくる甘いキス。忘れたいのに忘れられなくて、つらかった日々が遠ざかる。

忘れさせてくれたのは、あなたよ？　私もあなたを信じるから、あなたも私を信じて。

唇が離れると吐息が頬にかかる。彼の伏目がちな表情はとても色っぽくて、背筋のあたりがゾクゾクしてくる。

「今夜は帰さないけど、いい？」

耳もとでささやかれた言葉に、うなずくことで返事をすると、そのままベッドに押し倒された。左手を押さえつけるように重ね合わせて、彼は私を上から見下ろす。

「全部、俺のものにするから」

呟きながら落とされるキスはとても丁寧で優しい。

「ここも、ここも」

指先の一本一本や耳のうしろ、髪の毛など今まであまりふれられたことがないようなところを、彼の唇は丁寧になぞっていく。さわられるたびに体の奥が熱くなって、じっとしていられなくて体をよじった。

「ん、はあ」

「好きだよ、菫」

「ん、私も、です」

「ちゃんと言って」

「司さん……大好き」

体が火照ってきたころ、彼の手は刺激の強い部分に移っていく。もうほかのことはなにも考えられないような衝撃に襲われて、彼にしがみつくのが精一杯だ。

「あ……ん、もっと」

「ん」

普段口にできないような欲求が、どんどん口からこぼれだして。彼はそれを嬉しそうに、キスをしながら受けとめる。

「私と、ずっと一緒にいて」

「うん。一生一緒にいようか」

まるでプロポーズにも似た言葉に、頭の中が蕩《とろ》けそうになる。目をつむって、彼のすべてを受け入れて、私はその熱に溺れた。

こんなに幸せな気持ちで誰かと重なるなんて、はじめてかもしれない。

「このまま溶けて一緒になっちゃえばいいのに」

朦朧とした意識の中で、そう呟いたら笑われた。

「俺は嫌だな。こうして別々の人間でいるからこそ、ふれあうことが嬉しいんじゃない?」

彼はもしかしたら、とても甘えたがりな人間なのかもしれない。意識を失う直前に思ったのは、そんなこと。

あなたは、自分が愛されているって確認したい人なんだ。

ねぇ、だったら。私がそばにいることで、あなたは幸せになりますか?

私はあなたが大好きです。それだけは自信を持って言える。あなたが私を幸せにしてくれたように、私もあなたを幸せにしたい。


その夜はひどく大胆になっていたようだ。だから、翌朝目覚めたときに彼の裸を見て、顔を真っ赤にして恥ずかしがったら笑われてしまった。

「今さら?」

「い、意地悪しないでください」

「その上目遣いとか、可愛いよね」

朝からの甘いキスに、もう一度幸せな夢に浸りそうになったけれど、仕事があることを思いだしてあわてて起き上がる。

「大丈夫。まだ早いから、一度家まで車で送るよ」

「でも、シャワーも浴びなきゃ」

「じゃあ、一緒に入る？」

「は、入りません！」

タガがはずれた彼は積極的すぎて、私はしばらく彼に振りまわされそうだ。

証

司さんとの関係が進展した日から数日後の週末、私たちは買い物にきていた。

「だから、指輪買ってやるってば」

「いいです。あの指輪で」

「あれは前の彼女のために選んだものだし。それを菫にやるのはなんか違う気がする」

「でも、あれがなかったら私と司さん付き合ってないですもん。もう私にとってはお守りのようなものです。捨てるなんて嫌」

「じゃあしまっておけばいいじゃん」

「それも勿体なくないですか？　こんなに綺麗なのに」

あの婚約指輪は私の指にもぴったりだったので、つけて見せたら司さんにものすごく嫌な顔をされた。この指輪から連想してしまう元婚約者に嫉妬したこともあったのに、気持ちが通じ合えたって思えてからは、愛おしくて仕方がない。

〝このままつけてようかな〟

〝もう捨てろよ〟

そんな問答を散々繰り返したあと、彼はため息をつきつつ私をジュエリーショップに連れてきたのだ。

「じゃあ、指輪じゃなくてもいいから。とにかくなんか選んで。俺のものだっていう証拠に」

「それならネックレスがいいです。会社でもつけられるし」

ウキウキしながらガラスケースを見る。ダイヤモンドでお花をかたどったものや、小ぶりだけどペリドットがあしらわれているものもある。こんなのもいいなぁって思うけど。

遠巻きに見ている司さんを手招きした。

「いいのあった?」

「司さんが選んでくれたものをつけたいです」

服の裾をつかんでそう言うと、司さんはぎょっとしたように私を見る。

「俺が選んでいいの?」

「あなたのものって思えるものが欲しいから」

そう言うと、頬をゆるませる。

愛されたがりの彼が選ぶその指は、何箇所かさまよったあと、私が気に入ったものの前で止まった。

「誕生石はペリドットだったっけ。緑が似合うもんな。うーん。これかな」

「うん。これ可愛いです」

彼が店員さんに言って、ケースの中からペリドットのあしらわれたネックレスを取り出してもらう。

「じっとしてろよ」

自分でつけようかと伸ばした私の手を制して、器用にネックレスの金具をはずした彼は、それを私の首へつけてくれた。あまりにも照れくさいから、首のあたりが桃色になるんじゃないかしら、なんて変な心配までしちゃう。

彼は正面に向き直って私をまじまじと見て、満足そうにうなずいた。

「これにしよう。このままつけていきたいから、ケースだけもらえるかな」

「かしこまりました。ではお会計をお願いします」

お会計する姿を少し離れたところで見ていたけれど、聞こえてきた金額は予想より高いもので心配になった。紙袋を持って戻ってくる司さんに頭を下げる。

「すみません。高いものを」

「いや？　安いもんでしょ。指輪ならもっとする」

「そんなにしませんよ。普段使いの指輪なら一万か二万ので十分」

「そんな指輪、買う気ないよ」

司さんは私の左手をつかむと、指を重ね合わせるようにして顔を寄せる。ここはデパートの中ですけれども。距離が近くはありませんか。

「どうしてもその指輪はずすって言わなさそうだから。今度指輪買うときは結婚指輪になるけどいいよね」

「え?」

「だってそれ、婚約指輪だもん」

意地悪そうな色を残したまま、彼はにっこりと笑う。

「え、あの。あの」

「言ったでしょ。俺は独占欲が強いんだよね。菫は最低限何ヶ月のお付き合い期間があればいいわけ?」

「え、あの、一年……とか」

「却下」

「でも。私なんて」

「なんて、は禁句って言ったでしょ。ペナルティ」

「いやちょっと待ってくださいよ」

「待てないよ。君が思っている以上に俺は浮かれている」

駆けだすように店を出て、路地裏に引きこまれて抱き上げられる。まるで、小さな女の子をあやすように体ごと持ち上げられて、足をバタバタさせながら彼の首に腕をまわした。

「や、もう。恥ずかしい」

「俺のものになってよ」

「もうなってます」

「もっとだよ」

なるほど確かに。司さんは独占欲が強い。

「……私で釣り合い取れるんでしょうか。司さん、実はお金持ちだったりしませんか？」

「釣り合わなかったら君は俺を嫌いになるの？」

そう言い返されたら答えはＮＯに決まっている。

「……意地悪しないでください」

「菫が意地悪なこと聞くからだよ」

ぎゅっと力をこめたら、体を下ろして抱きしめてくれた。

「菫は自信が持てないの？」

「う……そう、です」

「じゃあ俺の言うこと聞きなよ」

「……はい？」

「誰を傷つけても、誰に傷つけられても、菫は自分を責める必要はない。困ったら俺が答えを出してやる。俺には菫が必要なんだって」

嬉しくて泣けてきそうなひと言。

「俺は、そんな君が好きになったんだ」

ぎゅっと抱きしめ返すとようやく地面に下ろしてくれた。

たとえばこの先、誰かに傷つけられることがあっても、きっと私は大丈夫だろう。

『忘れさせて』

魔法のようなそのひと言で、あなたは私の悲しみを取りさってくれる。どんなつらさも苦しさも、本当に忘れさせてくれる。

あなたと一緒なら、立ち止まることなどきっとない。

「私、司さんがいないと生きていけないです」

「はは。すごいこと言うね」

──どうか私の甘えたひと言が、あなたの力になりますように。

そう願ったとたんにお腹の虫がなって、私はあわてて、彼の首にまわしていた手を自分のお腹に戻した。

「腹減ったよね。さ、次は食事だ。美亜ちゃんに見せつけに行こうか」

「え？」

「俺が選んだ人をちゃんと紹介しておかないと」

「は、はい！」

彼に引っ張られて駆けだすと、リズムを刻むようにネックレスが首もとに何度もぶつかる。この首に光るペリドットはもう負け犬の証じゃなくて、あなたに愛されているっていう証。

だから私はもうなにも怖くない。

繋がれた彼のてのひらを強く握り返して、私は彼の背中を見つめた。

独占欲と赤い花

それを言ったらきっと怒るだろう。そう思って、グズグズしていた私も悪い。

ネックレスを買ってもらった翌々週の木曜日。司さんが直帰できるというので、私のアパートに来てもらうことにした。今まで、簡単な朝食くらいは作ったことがあるけれど、しっかりした手料理をごちそうしたことがなかったので、私は終業ベルとともに会社を出て、近来稀《まれ》な手のこんだ手料理を作った。彼に喜んでほしくて。そして褒めてほしくて。

仕事を終えて部屋に来た彼は、私の望み以上に手料理を褒めてくれた。とても嬉しくて、それだけに機嫌を損ねるような話はどんどんあとまわしになってしまった。

彼がシャワーを浴びて、私が交代で入る間にビールを出しておいたのも、ほろ酔いだったらさらっと流してくれるかも、っていう期待をこめてのこと。

だけどそんな期待も虚しく、それを告げたとたん、司さんの表情は固く凍りついた。

「却下」

「でも、あのね。司さん」

「なんで菫が合コンに行かなきゃいけないんだよ」

「だからそれは」

「聞くから。ちゃんと話して」

不機嫌そうな表情は隠しもしない。だけど私の話をすべて拒絶することもない。

彼は私のベッドに背中を預けて、責めるような視線を私のほうへと向けた。

「刈谷先輩に頼まれたんです。人数足りないから出てって」

「断ればいいでしょ。刈谷さんのこと、もう怖くないんじゃなかったの」

「怖くはないんですけど。……実は、その。私刈谷先輩には本当のことを教えてしまっていて。バラされると、舞波さんや江里子に申し訳が立たないんです」

「は？」

不快そうな顔に、さらに嫌そうな色が重なる。

今日は酔っているからかな、いつもより表情が豊かな気がする……なんて、のんびり観察している場合ではないのだけど。

「実は、舞波さんと付き合っていたことも、刈谷先輩にちゃんと全部伝えたんです。それでも、誰にも言わないと言ってくれたんですけど」

「……なんで言ったわけ？　俺がせっかくあのとき、ごまかしてあげたのに」

「舞波さんと江里子にとっては、あの嘘は必要な嘘かなって思うんですけど。刈谷先輩には違うかなって思って……しまって」

司さんの視線が怖い。声が先細っていってしまう。

「で？」

「来なきゃわかっているよね？みたいなことを言われてしまって……」

瞼を閉じると浮かんでくるのは、満面の笑みの刈谷先輩。悪意はない……そう信じているけれど、絶対言いふらさないと断言もできない。

司さんはため息とともに髪をグシャグシャとかき上げる。濡れた髪が蛍光灯の光に反射して、なんだか色っぽく見えた。

「つたく、刈谷さんは」

「たぶん冗談だとは思うんですよ。……でも、ちょっと断りづらくて」

「なんでさ」

「『私が里中くんを諦めようと努力しているのに、菫は協力しないの？』なんて言われたら、さすがに気が引けるというか」

司さんは、体をのけぞらせて天井を仰いだ。

ふう、と吐きだされた息は予想以上の大きさで部屋の沈黙を誘う。

「……ごめんなさい」

なんて言っていいのかわからず、ただひたすら謝る私。

「でも、彼氏がいるってちゃんと言いますし。……ほら、人数合わせで呼ばれたんですって。大体、私が行ったって、きっと誰も相手にしないでしょうし」

焦って語る私の手を、彼の大きな手がつかんだ。

「安く見積もるなって言ってるでしょ」

「司さん」

「菫がいたら、色んな男が目をつけるよ。だから嫌だって言っているんだ」

「あのでも」

司さんはそのまま私を引っ張って隣に座らせた。彼とふれ合っている右腕は温かく、アルコールの香りが鼻をかすめる。

「わかったよ。でも絶対飲みすぎるなよ。ほかの男に気を許すのもダメ。……そもそも、男のほうは誰が集めているんだ？」

「あ、それは舞波さんです」

言ったとたんに司さんの眉間にシワが寄る。ここまで嫌そうな顔も珍しい……と、考えていたら視界が変わった。一気に体を持ち上げられて、ベッドに落とされる。

「きゃ」

私の手首を両手で押さえて、上からのぞきこむように見つめてくる。

こんなふうに強引にされるといつもよりドキドキしてしまう。刺すような視線に顔が熱くなってきて、目を合わせていられない。

「あ、あの」

「信用してないわけじゃないけどね。でもちょっとムカつく」

首筋にふれる司さんの唇。濡れた髪が頬をかすめて、その冷たさと息の温かさで体がむず痒くなる。

「舞波さんとだけは絶対間違いを犯しませんってば！」

「舞波だけを警戒しているわけじゃない」

「ちょ、……んっ」

司さんはあっという間に私のパジャマのボタンをはずす。はだけた胸もとに顔を埋め、その手は私の脇腹のあたりをさすっていく。彼の手がもたらす感覚は、徐々に私の神経を鋭敏にしていくようだ。

「ん、痛っ」

甘い刺激の合間に、刺されるような痛みを感じた。胸の山裾のあたりを強く吸われた。と思ったら次は先端を口に含まれ、甘い刺激が襲ってくる。

「あっ、やあん」

「ダメ。じっとして」

「んっ」

繰り返し繰り返し。小さな痛みと甘みが交互に与えられて、私は思考そのものを放棄して、彼のなすがままになった。

窒息するんじゃないかって思うほどの時間を終え、改めて自分の体を見ると、胸もとからお腹にかけて、たくさんの赤い花が咲いている。

「や、もう。こんなに」

「これでもし、なにかあっても絶対男は萎える」

「そんなことになりませんてば」

「そう願うけどね」

これ以上の反論は聞かないよとばかりに、唇を塞いでくる彼。

信用してくれないのかなって思うと少し悲しくなるけど、そのキスに再び溺れてしまった私は、負の感情なんてすぐに忘れてしまった。

朝日が顔を出す前にベッドから這いでて、朝食の準備をする。

司さんはまだ夢の中だ。こうして無防備に眠っている姿は、なんとなく可愛らしい。母性で抱きしめたくなるようなそんな感じ。

大体準備が整ったところで、今日の服を決めようとクローゼットをのぞきこんだ。

「これにしようかな。無難だし」

落ちついた白色のブラウス。合コンは今日の夜だ。露出の少ない格好で行こう。

「なにしてんの」

ボサボサの髪で目をこすりながら、寝起きの司さんが近寄ってくる。

「今日の服。これなんかどうですか」

体にあてたスーツとブラウスを見て、司さんは眉根を寄せる。

そしてクローゼットをのぞきこむと胸もとの開いた綺麗なクリーム色のカットソーを取り出した。

「こっちのほうが似合うよ。俺は別に綺麗な菫を人に見せたくないわけじゃない」

「でも」

「ちゃんとつけてけよ、ネックレス。いっそ刈谷さんとか舞波に見せつけてきて」

「あは」

「なんだったら見えるところに痕つけてもいいくらいだけどね」

「そ、それはダメです！」

真っ赤になるとくすくす笑われる。悔しい、からかわれているんだわ。

少し膨れて見せると彼が宥めるように頬を撫でる。

「冗談。それよりいい匂い。菫、料理が上手なんだな。昨日の夕飯もものすごく美味かったし、朝食もいつもすぐ作ってくれるし」

「本当ですか？」

嬉しくて笑顔全開になると、なぜだかまた笑われる。

「なんで笑うんですか」

「いや、だって。……可愛いよね、菫は」

実はバカにされている？

悔しくてもう一度膨れて見せようかと思ったけど、顔って近すぎると見えなくなる。ふれた前髪と甘いキスに、私は簡単に宥められてしまった。


一緒に出勤して騒がれるのが恥ずかしいという私の気持ちを尊重して、今まではお泊まりしても時間差で出勤していた。だけど今日の彼は、そんな私の希望を聞いてはくれない。

「はい、待たせたね。行こうか」

わざわざ一緒に彼のアパートにまで連れてこられて、そこからの出勤。

彼のアパートのほうが多少会社に近いとはいえ、寄り道には違いない。いつもより一時間早く家を出てきたのに、会社へ向かう電車に乗ったときはいつもより遅い時間だった。

でも、彼と通勤するといいことがひとつある。満員電車が嫌じゃない。いつもならギュウギュウに押しこめられて潰されたような心地になるけど、彼がかばうように立っていてくれるから少し余裕がある。乗り降りで人の波に流されそうになるときも、必ず引っ張って腕の中に入れてくれる。不自然ではなく密着できるのも、なんだか得した気分というか。満員電車に幸せを感じるなんてはじめてのことだ。

「あら、一緒に通勤？」

駅から出て並んで歩いていると、背中に声をかけられた。刈谷先輩がミニスカートから細い美脚をこれでもかとさらして歩いている。

「やあ、刈谷さん。おはよう」

「おはよう、里中くん。……なに？　なんか機嫌悪い？」

刈谷先輩は司さんを見てにやりと笑う。司さんは無表情ながらもどことなくトゲトゲした口調で返した。

「よくはないよね。なんで人の彼女、合コンに連れだしたりするのかな」

「あらやだ。意外に嫉妬深いのね。だって人数足りないと盛り上がりに欠けるもの。ねぇ、菫」

「はあ……」

私としてはなんとも答えにくい。

「ほかにもいるでしょ、余ってる女の子。それに舞波も来るっていうじゃん」

「だって舞波くんって顔広いんだもん」

刈谷先輩は完全に司さんを恋愛対象外にしたのだろうか。以前よりも会話が攻撃的なような……。いや、むしろからかって楽しんでいるような?

「大丈夫よ。要は菫の意志次第じゃないの」

「意志はあっても流され体質だからね、彼女」

「司さん、それはひどいです」

やっぱりそう思われているのか、と思うと悲しくなる。

司さんはちょっと言いすぎたと思ったのか、バツの悪そうな顔をしたかと思うと、私に歩調を合わせた。

ちょっとすねて見せるつもりでそっぽを向くと、きゅ、と人差し指が握られる。肩にかけている私のカバンで見えないような位置で、一緒に歩く刈谷先輩には気づかれていなさそうだ。

「言いすぎた。でも心配しているんだ」

「……わかっています」

こんな行動と言葉にあっさりほだされるあたり、司さんが言っていることはあながち間違いではないだろう。

「あ、おはよう。舞波くん」

刈谷先輩のそのひと言に、司さんの指が動揺したように動いた。

「おっす、里中」

「ああ」

「塚本さんもおはよう。ふたり一緒に来たのかよ、仲いいな」

「おはようございます」

平然とした表情で会話を続ける司さんの指先は、確かめるように私の指先を何度も撫でる。その仕草に、彼の本心が見えるようだ。

あなたはそんなふうに、今までも私と舞波さんの会話を聞いていたの？

絡ませるようにして手を握ると、彼はその表情をゆるませた。

「さあ、今日も仕事だ。頑張ろうか」

「営業サンはやる気あるねぇ」

「人総がだらけていると社内が締まらないぞ」

「へいへい」

「じゃあ俺は先に行くから」

すっと指を離して司さんは足早に先を歩きはじめた。

「あーやっぱりかっこいいなぁ、里中くん」

「か、刈谷先輩？」

「里中くんみたいな人連れてきてよね、舞波くん」

「そりゃまた無理難題な」

舞波さんは困ったように頭をかいて、私に目配せする。でもどう反応したらいいのかわからなくて戸惑っていると、刈谷先輩が私の腕をつかんだ。

「頼んだわよ。さあ、菫、行くわよ」

「はい」

以前は職場での自分の立ち位置に迷うことがすごくあったけど、刈谷先輩と打ち解けてからはとても居心地がよくなった。

【気をつけろよ。帰りは迎えに行くから連絡ちょうだい】

定時間際に来たメール。行く前から帰りの心配をされていることがおかしくて笑っていると、脇から刈谷先輩がのぞきこんできた。

「あら、お熱いこと」

「や、見ないでください」

携帯を隠す私を、刈谷先輩は舐めるように見る。その視線が、なんだか怖いんですけど。

「里中くんって結構束縛するほうだったのね。あんなにクールそうな顔しているくせにさー。菫、息苦しくなんない？」

「いえ？」

「あらそう。まあでもさ、たまの合コンよ。張り切っていきましょ」

「いえあの」

別に私は張り切らなくてもいいのですけど。

「ほら、化粧直しにいくわよー！」

気合十分の刈谷先輩に逆らえるはずはなく。一緒に化粧室に連れこまれ、なぜだかメイクまで直されて、一見とても気合の入ったスタイルの私ができあがってしまった。なぜかしら。私、目立たずに時間だけ潰せればそれでいいのに。


待ち合わせ場所はちょっとおしゃれな洋風居酒屋だった。

「学生時代の友達とその同僚」

舞波さんが紹介してくれた男性陣は、近くの証券会社に勤める男性四名だ。対して女性陣は刈谷さんを筆頭に、人事総務部の女性社員五人。それぞれが自己紹介を終え、男女交互に席につくことになった。

「舞波さん、隣いいですか」

とりあえず舞波さんの隣を確保しよう。私に恋人がいることを知っていて、なおかつ今さら言い寄ってくるわけがない相手なので安心だ。

「塚本、飲んでる？　今日はガンガン飲めよー」

「はい。それより、舞波さんいいんですか？　合コンとか、江里子怒りません？」

「会社のヤツと飲み会って言ってあるから。あながち間違いじゃないでしょ。女性陣は俺にとっては全員同僚だもん」

「はあ。まあ、そうですね」

しれっと言い放つところは相変わらずというか。

「菫もたまには息抜きなよ」

「あの。呼び名」

「ああ、そうだ。里中に怒られるんだった」

一杯めのビールを煽るように飲んで、おつまみに手を出す。すぐに次のビールを頼んだ舞波さんは、私の肩をぐっと引っ張る。

「まあでもたまにはいいじゃん？　ほら、里中だって言っていたじゃん。仲良けりゃ名前で呼ぶんじゃないって」

「ええでも、あれは」

私の窮地を救おうとしてくれただけですけど。

「俺たち仲良しじゃん？　たまに彼氏のいない飲み会来たときくらいさぁ。ほらもっと気を楽にして」

「あの」

「菫、ホント、綺麗になったよね」

なんだか無駄にスキンシップが多いような……。もしかして、舞波さんはちっとも安全じゃない？

「私、トイレ行ってきますね」

あわてて立ち上がり、トイレに一時避難。まだ二杯めのビールに手をつけたところなのに、もう酔っているのかしら、舞波さん。

困ったな、どうしよう。

刈谷先輩は前のめりになって頑張っている最中だし。ほかの子たちもそれぞれ気の合う人を見つけたのか楽しそう。居場所がないなぁ。

所在なげに戻ってくると、舞波さんはもう移動していた。仕方なく、私はもといた席に座る。このまま最後まで静かに飲んでいよう。

時々巻き起こる笑いに、なんとなく合わせるように微笑みながらグラスを傾ける。話し相手がいないとどうしてもお酒が進んでしまって困る。

「同じのでいい？」

「え？」

目の前に、大きな色黒の手が伸びてきた。残りあと少しになった私のグラスを指さし、うなずくのと同時に店員さんを呼びとめる。

「これ、もうひとつ」

「えっと、それは……」

「あ、ミモザです」

グラスに入っていたものがわからず、戸惑っている店員さんにそう告げると、笑顔で「かしこまりました」と言われた。

「オレンジ、好きなの？」

その男の人は、自分のグラスを持ったまま私の隣へと移動してきた。

「えっと、はい」

「ミモザってなにとオレンジジュース混ぜているの？」

「シャンパンです。口あたりがよくて美味しいですよ？」

「へぇ、ちょっとちょうだい」

飲みかけの私のグラスから、返事を聞く前にひと口飲んだ。

突然の行動に私は言葉が出ない。こんなこと気にするのも子供のようだけど、間接キスになっちゃう。

「次、すぐ来るからいいでしょ」

「あ、じゃあ残りは差し上げます」

「ありがと。えっと、名前なんだっけ。俺は武井直之《たけいなおゆき》」

「塚本菫です」

「菫ちゃんか。かっわいい名前だね」

笑い方が豪快だ。綺麗な白い歯が見える。体格もいいし色も黒いし、運動をする人なのかもしれない。

「さっきからあんま会話に交じってないけど。菫ちゃんって人見知り?」

「ええ。それもありますけど。私今日は人数合わせで来ているので」

「あー、彼氏とかいるんだ」

「はい」

「俺もいるよ、彼女。一緒だね」

「そうなんですか」

それを聞いてホッとした。だったら時間までこの人と話していてもいいかもしれない。

やがて店員さんが持ってきてくれたミモザをひと口飲み、私は武井さんの話に耳を傾ける。

「俺趣味でバスケやってるんだけどさ。社会人になるとなかなかコート確保が難しいんだ。人数集めもね。菫ちゃんって運動する人？」

「いえ、私は、運動は全然ダメで」

「そっか。今度教えてあげようか。俺かっこいいよ、フリースローとか得意」

「へぇ、そうなんですか」

武井さんの話はちょっと自己愛が強くて引き気味になるけど、それでも楽しい雰囲気にしようと努力してくれている。グラスが空になる前に次の飲み物を注文してくれるし、とても気の利く人なのだろう。

そろそろお開きという時間になり、刈谷先輩たちは二次会の相談をしはじめている。

「あ、私はここで」

「えー、菫も行きましょうよ」

「ごめんなさい。刈谷先輩」

頭を下げると、刈谷先輩は「仕方ないわね」と許してくれた。

「さ、残りのメンツは行くわよー、二次会」

鼻息の荒い彼女の盛り上がりに合わせて、人波が移動していく。私は小さく頭を下げて、その場から抜けだした。

司さんにメールしようか。でもまだ電車は動いているから、ひとりでも帰れるのだけど。

そう思いつつ数歩歩くと、頭がくらくらする。足取りも、ふらふらしているかも。

少し……飲みすぎちゃったかなぁ。

「終わり、まし、た」

ふらつく足取りのまま、メールを打つ。

スマホだから両手じゃないと作業できなくて、酔いのまわった体では左右に振れながらじゃないと歩けない。

「危ないよ。菫ちゃん」

持っていた携帯が抜き取られた。

「え？」

振り向くと、武井さんがそこに立っている。

「え？　あの、二次会は」

「菫ちゃん行かないって聞いたから、俺も抜けてきちゃった」

可愛く笑われても困る。どうして私が抜けたらあなたまで抜けるの。

「携帯、返してください」

「返してもいいけどカバンにしまったら？　ふらついていて危ないよ」

「あ、はい」

携帯を受け取ってカバンにしまう。

どうしよう、司さんにまだ連絡できてないのに。

「駅まで行く？　一緒に行こうよ」

「えっと、……はい」

よくわからないまま、武井さんと並んで歩く。

彼も私と同じくらい飲んでいるように見えたけど、お酒に強い人なのかしら、足取りはしっかりしている。ひとりだけこんなに酔っぱらっちゃって、なんだか恥ずかしい。

「きゃ」

「おっと危ない」

武井さんのほうばかり見ていたら、道路の側溝にパンプスが挟まってよろけた。

すぐに武井さんが支えてくれたので膝をつかずにはすんだけど、腕を支えてくれたことで息がかかるくらいの距離になる。

助けてくれたことに感謝しなきゃいけないはずなのに、司さん以外の人にふれられたことに嫌悪感が湧き上がった。

「すみません。ありがとうございます」

「結構酔っているみたいだね。少し休んでいこうか」

「いえ、大丈夫です」

「大丈夫じゃないよ。ついておいでよ」

武井さんは私の返事なんかおかまいなしで先を歩きはじめる。

どこか、喫茶店でも入るつもりなのかしら。なんとなく断りづらくてあとをついてきているけど、本当は早く帰りたい。

歩いたのはほんの数分だ。だけど、気持ちが悪いからなんだかすごく時間がかかったような気がする。

「ここ とかどう?」

顔を上げて驚いた。いつの間にか一本路地を入った歓楽街に入ってきている。喫茶店かと思ったそこは、商業ビルの間にあるホテルだ。わけがわからず、何度かまばたきをして確認すると、入口に書いてある『ご休憩』の文字を見つけた。つまり、そっち目的のホテルってこと?

「え?　あの」

「休憩。少し休んだほうがいいよ」

武井さんの表情は変わらない。なにもおかしなことはしていないっていうような平然とした顔だ。

ちょっと待って。おかしいよね。これっておかしなことだよね。

「だって、武井さん彼女がいるって」

「うん。だから。休憩するだけだってば」

「や、休憩なら喫茶店とかで」

「大丈夫。なにもしないって。俺も彼女いるし。あとあと面倒くさいことになるのはごめんだからさ。ただ、横になったほうが楽でしょ？」

武井さんには罪悪感のようなものは全くないみたい。

もしかしたら本当に善意だけで言っているのかもしれないけど、私には不快感しかない。そういうの平気なの？　舞波さんも時々モラルを疑うときがあるけど、類は友を呼ぶってやつなの？

「大丈夫ですから帰ります」

すぐさま振り向いて駆けだそうとした。だけど、頭がぐらりとまわって視界が暗転する。

「……ったい」

気がついたら、地面に膝をついていた。

「危ないよ、菫ちゃん。ほら、やっぱり休んでいこうよ」

悪気のなさそうな調子で、武井さんは笑いながら近づいてきた。

「大丈夫？　吐きそう？」

立たせてくれようとしているのか、二の腕のあたりに伸びてくる色黒の大きな手。その動きを視線で追っていると、自然と自分の胸もとのネックレスが見える。

……司さん。司さんに会いたい。

「怖がらなくてもなにもしないから、ね」

会ったばかりの人の言葉を信用なんてできない。ただの親切心なのかもしれないけど、嫌だ。なにもなくたって、好きな人以外とこんなホテルに入りたくない。

それでも突っぱねて逃げるには酔いがまわりすぎていた。視界が安定しなくて、気持ち悪くて目をつむる。

嫌だ、嫌だ、嫌だ。司さん助けて。

願ってもここに司さんはいない。ああ、一次会が終わってすぐにメールじゃなくて電話をすればよかった。

「ね、ほら」

武井さんが私の二の腕をつかんで持ち上げたとき、私のカバンから大きな音が鳴り響いた。

「うわ、なに?」

「電話……」

がさごそとカバンを探り携帯を見る。ディスプレイに示された名前に安堵の息が漏れでて、急いで電話に出た。

「つ、司さんっ」

『菫、今どこ? もう終わったんでしょ』

「なんで知ってるんですか?」

『刈谷さんが電話くれた。菫のこと追っかけていった男がいるけど大丈夫なのーって』

「や、私なにもしてないですようっ」

『でも結構飲んだんでしょ。それも刈谷さんから聞いた。とにかく、最寄り駅までは来ているんだ。菫はどこにいる?』

「え、なに? 彼氏?」

横から、口を出すのは武井さん。やだやだ。司さんに聞こえちゃう。変な誤解はされたくないのに。

表して言った。

「でもその調子じゃ、ちゃんと歩けないでしょう」

私たちの会話を、耳をすまして聞いていたらしい司さんは、不機嫌さをもろに声に
『……誰か一緒にいるんだ』

「司さん、違う。私っ」

『近くにある建物の名前言って。迎えに行く』

「司さん、誤解しないでください」

『いいから言えって』

半ば脅される形で、私は近くにあった電柱に書いてある住所を読み上げる。すると数分もしないうちに司さんが路地に入ってきた。

座りこんでいる私と、一応そばについていてくれる武井さんを見て、ものすごく嫌そうな顔をしたけれど。私は彼の姿を見たとたん、誤解される不安よりも安心感が広がって、思わず子供のように手を伸ばしてしまった。

「つ、司さぁんっ」

「なんでこんな細路地に入ってきたんだよ。……ええと、菫がご迷惑を?」

「いえ。かなり酔っていたようだから休ませようとしただけで」

「こんな場所で？」

「別にエロい目的じゃなくって。ホントに休ませようと思っただけですよ。俺もほら、彼女いるし」

あくまでもさらりとそう言ってしまう武井さんは、本当に悪気なんてなかったのかもしれない。だけど司さんは彼の胸ぐらをぐいとつかみ、武井さんの大きな体を壁に押しつけた。

武井さんのほうが体も大きくて筋肉質なのに、すごみは司さんのほうがずっとある。

「……悪いね。こっちはほかの男とそういう場所に行かれるだけで気が狂いそうになるほど嫉妬深いもんで」

「よ、余裕ないねぇ……」

「彼女をひとりで放置しなかったことには感謝するけど。今度から休ませるときは健全なお店にしてもらえるかな」

「わ、わかった」

「まあ、もう行かせないけどね」

司さんはようやく武井さんの胸ぐらを離す。彼が苦しそうに呼吸をしているところを見ると、少し締めていた……？

「じゃ、彼氏さんも来たようだし俺は帰るね」

そそくさといなくなる武井さん。

残された私は、まだ具合が悪くて立ち上がれない。司さんは私の隣にしゃがみこんで、背中をさすってくれる。

「……なんで飲みすぎた？」

ああ、司さんが不機嫌だ。あたりまえかぁ。

「ごめんなさい。だって、……つまらなくて。飲むくらいしかやることがなくって」

「だったら途中で抜ければいいだろ」

「そういうわけにもいきませんよぉ」

彼に手首を引っ張られ、立ち上がる。今度は安心して体を預ける。大好きな司さんの匂いを思いきり吸いこんで泣きたくなるほどホッとした。

「迎えに来てくれて、ありがとうございます」

「むしろ途中で乱入したかった」

「……怒ってます？」

不機嫌な声のままの彼に心配になる。

まあ、酔ってほかの男の人とホテルの前にいたんだから、怒られても仕方ないんだけど。

「怒ってるよ。……でも、俺の顔見たときのあの顔でチャラにしてもいいかなって気はした」

私を腕に抱いたまま、彼は優しく頭を撫でる。

「歩ける？」

「はい。大丈夫です」

胸を張ってそう言ってみたけど、あれれ、やっぱりなんだかフラフラする。

「……確かに、休ませなきゃって気にはなるなぁ」

はあ、とため息をひとつこぼして、彼は私の肩を抱いた。

情けない姿ばかり見せてしまって落ちこむ。怒られるのは自分が悪いから仕方ないけど、嫌われちゃったらどうしよう。

私の心配をよそに、司さんは吹っ切れたように顔を上げると、私を抱きかかえるようにしてホテルの入口へ向かう。

「明日は休みだし。泊まってこうか」

「え？　あの」

「目の前にあるのに利用しないのもなんだし」

無人のフロントで部屋を選んで、ためらいもなくエレベーターに向かう彼。

なんでそんなに迷いなく動けるの？　ていうか、え？　ここに泊まっちゃうの？

「やっぱり菫はなんとなく危ないから。見えるところにつけとかなきゃダメだなぁ」

「え、ちょ、あの」

つけるってなにをですか。

続きの言葉を言えずに目を白黒させているうちに、首筋をきつく吸われる。

「んー‼」

「大丈夫、髪で隠れるしね」

司さんはしてやったりという調子で部屋のドアを開ける。

「まだまだお仕置きしたりないから。休んだら覚悟しといてね」

にやりと笑う彼に、酔いも一気にさめていきそうな気がした。

特別書き下ろし番外編

君がいるだけで

司さんとお付き合いをしてから、早七ヶ月が過ぎた。

今は五月。舞波さんと一緒に担当していた内定者研修もひと通り終え、一段落ついたところで、司さんが食事に誘ってくれた。

『頑張っていたから、ちゃんとしたところで労《ねぎら》ってあげよう』

そう言って連れてこられたのは、雑誌にもよく載る、高層ビルの最上階にある夜景が有名なレストラン。きちんとコース料理が予約されていて、マナーもよくわからない私はひとりでアワアワしている。

「なんでそんな挙動不審なわけ?」

ゆったりグラスを傾けながら、司さんは赤ワインを流しこむ。喉もとが動くのが色っぽいとか思ってしまうあたり、私はもう酔っているのかもしれない。まだ三回ほど口をつけただけなのに。

「だって、こんな高級そうなお店来たことないですもん」

「また敬語。なかなか抜けないよね」

「今はその話じゃなく」

「大丈夫だよ。よっぽど音をたてない限り、誰も人の動作まで見てないって。心配なら俺がする通りにやればいい」

「やってるけど、心配だもん」

半泣きになる私に、彼はクスリと笑う。

司さんは余裕そう。きっとこういうきちんとした場にも慣れているんだろうなぁ。

改めて彼との生活レベルの差を感じて、ちょっと悲しくなってしまう。

司さんは外の景色に一瞬目をやると、私に向き直って笑った。それでそこまでの会話がリセットされる。

「話変わるけどさ、ペリドットの効果って知ってる？」

「効果ですか？　石言葉とか八月の誕生石とかそういうことじゃなくて？」

「うん。この間ちょっと調べたんだけど、ペリドットって隕石と同じ成分を含んでいるんだって。だから『太陽の石』って言われてお守りのような役目をするらしいよ」

「知らなかった。ずっと昔から好きな石なのに」

緑色だから癒しの効果はありそうだと思っていたけれど、『太陽の石』っていう言い方は、私が抱いていたイメージと違う。そんなにパワーのある石なんだ。

「菫にぴったりな感じだった。どんな時にも明るい希望と勇気をもたらしてくれるらしい。だからマイナス思考になりやすい人にオススメだって」

「今はそんなにマイナス思考じゃないです」

「そんなことないでしょ。せっかくこういうとこに来て、マナーにこだわって楽しめないのは損してるよ」

言われてみればそうなのかも。折角の美味しい料理、美味しいお酒。楽しめる要素がたくさんあるのに、私はガチガチになっていてちっとも笑ってない。

「……そうですね」

力が抜けてきてようやく心から笑顔が出る。司さんは満足そうに笑うと切り分けたステーキを口に運んだ。

「うまいよ。菫も食べなよ」

「うん。えっと……」

彼の動きを見ながら、自分も同じようにする。

口に入った牛肉は、厚みがあるのに溶けるように消えていった。

「美味しい」

「そうそう。そんな顔が見たかった」

彼はどうしてこんなに私を喜ばせる方法を知っているんだろう。司さんといると、前向きにも強くもなれる気がする。

ペリドットの効果みたいって思うと、胸が温かくなってクスリと笑いたくなる。

「でさ。ペリドットって知恵と分別も与えてくれるんだって。お揃いで身につけるといつまでも仲のいい幸せな夫婦でいられるらしいよ」

「へぇ。素敵」

私の誕生石でもあるし、結婚指輪につけたりできたら素敵だな。もしいつか、司さんと結婚できたら……。なんて、考えるだけで顔が熱くなってくる。

「いいだろ？　だからさ、それで注文しようと思って」

「……なにをですか？」

話についていけなくなり、彼をまじまじと見る。

彼はにやりと笑うと、カバンから印刷物を取り出した。そこには、指輪の図案と宝石のカット案や、写真が印刷されていた。

「菫は小柄だから、あんまりゴツくないほうがいいと思っているんだよね。で、会社でもつけてほしいからデザインはシンプルなもので考えてもらった。一応二種類まで俺のほうで絞ってある。あと、中にペリドットを入れるか、表面に埋めこむか。そこは菫の好みを聞こうと思って」

「司さん？」

ノリノリの彼は、チラリチラリと私の反応をうかがっている。もしかして……って思うと、目尻のあたりが熱くなってきて、問いつめたいけど喉が詰まる。

私が口をパクパクさせていると、彼のほうが先に口を開いた。

「付き合って半年じゃ、菫としては早い？」

ブンブンと首を振ると、司さんは照れたように頭をかく。

「本当は食事が終わってからのつもりだったんだけど。俺も堪え性ないな」

ははは、と笑って私に食べるようにとうながした。

だけどこんな胸がいっぱいじゃ、食べ物が喉を通るはずないじゃない。

「ちゃ、ちゃんと聞かせてください」

「うん」

彼は食事中にもかかわらず、立ち上がって私の席まで歩み寄る。そしてにっこり笑って、左手で私の右手を取って立たせると、その上に右手を重ね合わせた。

マナーもなにもかも、もう頭から消えていた。まわりもよく見えない。今の私の世界には、目の前の司さんだけが光り輝いている。

彼は一度コホンと咳払いをすると、真剣な顔で続けた。

「俺は、菫が変わっていくのを見ているのが楽しいんだ。明るくなったし、綺麗にもなった。俺がそうさせたのかと思うと、とても嬉しい」

少し照れたように視線をさまよわせたあと、重ねたてのひらに力がこもる。

「だからこれからも、君を輝かせたい。そのために、俺はなにをすればいい？」

問いかけられて、一瞬返答に詰まる。

なにって言われても、特別なことなんていらない。ただいつもそばにいてくれたら、それだけで幸せで。ただ……そう、言葉にしてくれたら、きっともっと幸せになれる。

「ただ……一緒にいて」

「うん」

「……私を好きって、毎日言ってください」

そう伝えたら、司さんは嬉しそうに笑った。

「俺にとっては願ったりかなったりだな。じゃあ、毎日言うために一緒に暮らそうか。菫……結婚してくれないか？」

心構えはなんとなくできていたはずなのに、聞いたとたんに涙腺が決壊した。

「はい。……はいっ」

何度もうなずいていると、まわりからパチパチと音が聞こえてくる。そこでようやく私は今の状況を把握した。

私たちは、ずいぶん前から客の目を引いていたらしく。近くにいた年配のご夫婦が、ニコニコと笑って拍手をしてくれていた。

「や、恥ずかしい」

「まあいいじゃん。祝福されているんだし」

顔を真っ赤にして椅子に座りこむ私とは対照的に、司さんは年配夫婦に満面の笑みを向けた。まるで劇場で観客にお礼を言う俳優さんのように堂々としていて頼もしい。

「お幸せに」

「ありがとうございます」

お祝いの言葉に、私も再び立ち上がって返事をする。そして、ふたり同時に席についた。

「ああよかった。即答で」

「でも私でいいのかホントにわかりません」

「まだそんなこと言っているの？」

軽く睨まれると、身が縮こまっちゃうけど。

「だって。私は司さんになにもしてあげられてないし。司さんはいるだけで私を強くしてくれるのに。まるで、司さん自身がペリドットみたいです」

思いの丈を一気に告げて、恥ずかしさから膝に乗せた手に視線を落とす。そのまましばらく待っていても返事が全然返ってこない。

不審に思って顔を上げると、耳を赤くして口もとを押さえている彼がいた。

「つ、司さん?」

「……菫ってホントすごいこと言うよね」

「今私変なこと言いましたか?」

身を乗りだすと、彼の手が伸びてきて私のあごを軽くさわる。そのままふわりと笑われて、心もふわりと持ち上げられる。

「俺も君がいるだけで、なんでも頑張れる気がするよ」

甘い彼の言葉に、心臓さえも蕩けてしまいそう。

「菫も俺のペリドットだ」

そう返されてはじめて、自分の言葉の破壊力を自覚した。

fin.

あとがき

はじめまして、坂野真夢です。このたびはたくさんの本の中から、『ポケットに婚約指輪』をお手にとっていただき、ありがとうございます。

楽しんでいただけましたでしょうか？

誰でも、なにが正しいことなのかを知っているはずなのに、大人になればなるほど、楽なほうに流されてしまうのはなぜなのだろう。

この物語は、そんなことを考えているうちに構想が浮かび、まとまっていきました。

主人公の菫は自分に自信が持てず、どこか卑屈なところがある女性。駄目なことだとは知りつつ、憧れの舞波さんと恋愛関係になってしまう。菫のような弱さは私の中にもあります。だからこの時期の菫を書いているとき、とてもイライラしました。

そんな菫が、司と出会い、認めてもらえるようになったことで、自分が思う正しさに近づくことができるようになります。変わっていく彼女に、私自身も胸がスッとしていったのを覚えています。

誰もが弱さを持っているけれど、同時に変われる強さも持っているはずです。自分が好きだと思える自分になりたい。

このお話を読んでくださった誰かひとりにでも、そんな風に思っていただけたなら、とても幸せです。

最後になりましたが、いつも私の作品を読んでくださる方々、励ましてくれるお友達、作品を書籍化してくださったスターツ出版様、ご尽力くださいました担当の長井様、菫と司を私のイメージよりもずっと魅力的に描いてくださった椎名菜奈美様、そのほか今作に携わってくださったすべての方に、心から感謝申し上げます。

そして私を支えてくれる家族にもひと言、いつもありがとう。

これからも執筆活動を楽しんでいきたいと思っています。お付き合いいただけたら嬉しいです。

坂野真夢

坂野真夢先生への
ファンレターのあて先

〒104-0031
東京都中央区京橋1-3-1
八重洲口大栄ビル7F
スターツ出版株式会社　書籍編集部　気付

坂野真夢先生

本書へのご意見をお聞かせください

お買い上げいただき、ありがとうございます。
今後の編集の参考にさせていただきますので、
アンケートにお答えいただければ幸いです。

下記URLまたはQRコードから
アンケートページへお入りください。
http://www.berrys-cafe.jp/static/etc/bb